高长虹

高长虹 著

精选集

山西出版传媒集团
山西人民出版社

《高长虹精选集》编辑委员会

主　任：李畴海
委　员：侯讵望　李银苟　武　雪
　　　　高永红　武润珍　郭祯田
　　　　史辉华　崔亮云　张炜生
主　编：张炜生
副主编：郭祯田　崔亮云

读者很需要这样一本书(代序)

高长虹研究会:

你们发来的《高长虹精选集》目录,粗读一遍,觉得很好。首先,这样一本书非常需要。《高长虹全集》是供学者用的,普通读者买不起这样的书。2010年,《高长虹全集》四卷本由中央编译出版社出版以后,高淑萍(高长虹孙女)曾要我替她编一本,我编了《高长虹诗文精选》,大约六十万字,分上下两册。但后来她患病住了医院,这事就耽搁下来了。现在你们编这样一本书,我以为是很及时的,也是读者需要的。

有几点意见。

首先,要做好策划。现在出书,如何策划,如何做广告,包括用什么书名,对书的印数和在读者中的作用具有重要意义,不可用通常思维去想。

其次,编这样一本书,应以既给读者以精品,让他们爱读,又要让读者看到作者一生创作的基本面貌为原则。选精品是首要的,不是精品不选。在选精品的前提下,要照顾到能体现作者创作特点的作品。要突出好作品,重要作品。高长虹在文学上的贡献,主要是诗和散文,其次是小说、批评和剧本。形式不必样样都选，像第六项的翻译就可以不要。但是有些好作品，特别是字数不多的著作，可以考虑全选，以使读者知道他那本书和整个创作情况是什么样子。这样可以全选的书有两本，一是《精神与爱的女神》，一是《草书纪年》，以后一本为好，究竟选哪一本，你们考虑。这两本书只有一篇长文章那么大，宁可不选一些可有可无的长文章，也要争取把一整本书呈现在读者面前。整本书有个别篇不选是可以的。

第三，你们拟的凡例很好，就照那样做。

最后，有些具体篇目可以考虑：

诗，应以前期为主，占诗的三分之二甚至四分之三以上，后期不超过五首。太原市有人编一本诗选，我推荐了三四首跟太原有关的，有《美的颂歌》、《一点点军火》等。《给——》可以多选几首，因为这是作者最重要的一部诗集，要让读者看到其基本面貌，知道其基本精神。前边的序文表现作者的文学观、爱情观，文字也好，可以考虑选入。第32首表现作者世界观的转变，把人比作小甲虫，可跟卡夫卡的《变形记》相媲美，而且产生在前，并非受到卡夫卡的影响，在我国五四以来的新诗中也是少有的，可选入。第35首意义不大，里边提到冰心，要不要加注释，而加注释，又会惹麻烦。第40首是跟第28首有关的，可选入。第2首、第5首都不错。这几首都很短。第17、18首很好，是这本《给——》的精华，但长了一点。《心的探险》中的诗应选入一些——两或三首。

《献给自然的女儿》的第一首最好，也最能表现作者的特色，但这一首太长，较难处理。其余就比较一般了，以不选为好。

《来梦湖》是一首杰作，一定要选入。《火焰》不太好，不如《农民与婴孩》。在《要是衣服会说话》、《胡逊》、《箱子里的异闻》等几首中选两首。《延安集》最多选两首就可以了。

散文，以《心的探险》为主，多选几篇。《创伤》不错，能否选入？

《走到出版界》一般认为是批评著作，应该放在批评和论文一类里，放在散文中有些不伦不类。其中的《文化的论战》、《我的旅舍在哪里》及以下几篇可以不选。《本刊编者的著作》、《为什么介绍莫索利尼》不选。《曙》不必全选，选几则即可。可把那个篇幅让给《献给自然的女儿》第一首。书信部分除《致沈雁冰》一篇外，都无大意义，即使这一篇，也不大好，它只具有研究价值，没有阅读价值。《〈狂飙周刊〉宣言》是很重要的文字，应该选入。《南海的艺术化》、《北海漫写》是很精彩的，可以选入。书信体的散文，除《曙》外，可从《情书》几则里挑一篇，这样的题目有吸引力。

第三大项，《走到出版界》除《与岂明谈道》、《与评梅论悲剧》和《答周作人》外，都可以考虑不选。所选《每日评论》是给研究者用的，读者恐不欢迎。《政治的新生》时间性太强，除《自序》和《纪念高尔基》外都不选。《平抑物价》、《增进中美关系》、《法国大革命》和《一九四一年……》都不需要。

小说，不如选《神仙世界》和《革命的心》。《神仙世界》长了一点。

高长虹有些作品有很强的隐喻性，我称他创造了一个隐喻世界，鲁迅以"晦涩难解"称之。其实，这些作品恰好表现了高长虹的特色，也是五四新文学最大的特色。这样的隐喻文学，诗中有，散文有，小说、戏剧中更多。《心的探险》中《人类的脊背》、《精神与蔷薇》(此篇在《创伤》里)、《光与热》中《一个神秘的悲剧》、《黄昏》,小说中的多数篇,都属此类。新时期的现代派作品和朦胧诗,就是这样的作品。高长虹的这些作品,实为新时期的这类文学开了先例。可以考虑多选一些。

二十多年前,盂县政协编辑出版了三卷本的《高长虹文集》,很快销售一空。那以后不久,读者、研究者纷纷以买不到这部书而生抱怨。几年前,虽然在各方的努力下出版了四卷本的《高长虹全集》,但正如我前边提到的,能买得起或得到全集的毕竟是少数人,高长虹研究成果以及他在文学史上的作用需要更多人了解,而了解一位作家,最好最直接的办法就是读他的作品。

今天出版这本《高长虹精选集》的意义,不仅在于还原历史真相,还在于展现一个有声有色的文学世界。高长虹作品的价值,不是我们所愿意置喙的,这需要读者去评骘,去议论。我们只能说,作者在写这些篇章的时候,是有他的深刻思索的。他总是从全人类的思想、情感这个角度切入,观察生活,描写生活。他的思维方式独特,他的思想活跃。他不固守成规,他顽强地表现着自我。他能发他人所未发,言他人所不言。他的一些作品,避免不了"虚无的反抗",还有些作品"常有太晦涩难解处"(以上均鲁迅语),但都来自他的真诚和坚守。他运用和创造了多种形式和表现手法。他所创造的文学形象和意象,是独具特色的,也是从他人作品中很难看到的。他给我们展现了一个崭新的世界,有的可以说是寓言世界。他的"难解处",未尝不说明着作品思想的深邃和作者思维方式的特殊。他的成就和不足,他所走过的每一个脚步,他的每一次脉动,都能从其作品中感受出来。他的喜怒哀乐,他对婚姻的悲悼和对爱情的憧憬,他对美好世界的向往，也都表现在这里。读高长虹的作品，可以使你喜，更可以使你惊，还可以使你深思。从中国现代文学研究的角度说，恐怕没有人会否认，跟其他社团比较，狂飙社无疑是很大的一块处女地，急需要人们来开垦。

总之，读了篇目以后，感到需要再作斟酌。也许我没有体会出你们编这本书的真实意图，所以有些话不一定妥当，仅供参考。

董大中

2014 年 3 月 10 日

（董大中，作家、评论家，赵树理研究会会长，《高长虹全集》主编。本文是董老在读过本书初选目录后的回信。我们已根据董老的意见对篇目进行了调整。经董老审阅同意，将本文作为代序，以便读者进一步了解本书篇目筛选的初衷。——《高长虹精选集》编辑委员会）

目录

读者很需要这样一本书（代序） ……… 董大中 001

诗歌

美的颂歌 ……… 003

恒山心影 ……… 008

离魂曲 ……… 011

爱的憧憬 ……… 035

给—— ……… 046

徘徊 ……… 132

散文

精神的宣言 ……… 143

幻想与做梦 ……… 147

土仪 ……… 165

绵袍里的世界 …… 183
反应 …… 187
弦上 …… 203
花园之外 …… 222
最后的著作 …… 244
《狂飙》周刊宣言 …… 252
草书纪年 …… 254

小说

革命的心 …… 275

附录

一个值得纪念的人 …… 郭瑞福 297

SHIGE

诗歌

美的颂歌[1]

> 1

名城多美女，
彼美生于兹，
在兹名城中，
彼为最美者。

> 2

玫瑰何鲜艳？
睡莲何皎洁？
以视彼美脸，
众卉无颜色。

> 3

不得彼美盼，
长江昏且浊；
不得彼美笑，
晴天暗如墨。

---

[1] 原载《狂飙》月刊第1期（1924年9月1日）。

》4
彼美唇何红？
疑是日之精。
由此发诏音，
浊世永光明。

》5
彼美耳何聪？
天耳非荒僻。
大宇与悠宙，
彼闻如咫尺。

》6
彼有纯阳指，
点人如点金，
彼指一微动，
凡愚皆圣明。

》7
宛如云雀歌，
缭绕于天空，
当彼沉吟时，
我闻如是音。

》8
知彼美之心，

精神之精神,
使我无彼者,
抱恨而终穷。

》9
我视世间人,
无足当一瞥,
今我见彼美,
如萤见日月。

》10
投身世界战,
无援久孤军,
彼美在我旁①,
若拥百万众。

》11
当我疲倦时,
永无片时息,
卧彼怀之中,
令我忘一切。

---

① 旁,高作原来均作"傍",今改。以下不再作注。

>> 12
我求人生乐,
辛勤无所得,
今我逢彼美,
大地无悲戚。

>> 13
我本一超人,
遨游世界顶,
自我得彼美,
赤子得慈母。

>> 14
我有无限情,
藏之无处发,
今乃得所售,
不复叹失业。

>> 15
飞鹤唳长空,
落梅含幽怨,
百年如一曲,
我弹而君唱。

》*16*

我身入君眼，
我影得永存，
乃知造我者，
我生专为君。

恒山心影[①]

>> 1
我以天耳听君心,
君心向我作交鸣。

>> 2
我欲卧君之玉怀,
君怀为我开不开?

>> 3
我乃山中之空气,
入君肺腑永不去。

>> 4
君试摘花插鬓间,
鬓间情语诵琅琅。

[①] 原载《狂飙》月刊第 1 期（1924 年 9 月 1 日）。

》5
君见小草系君裙,
此草乃我之化身。

》6
枝头残红为君落,
欲以香吻吻君脚。

》7
我乃天上一轮月,
照君玉影倍皎洁。

》8
我乃山巅之白云,
与君溶合不可分。

》9
我命细柳为君舞,
君心与柳共夭袅。

》10
我邀和风为媒妁,
与君传送求凰曲。

》11
我酿清醇之美酒,

为君洗尘作欢饮。

》12
我如菊花九月开，
欲开不开待君来。

》13
君欲留兮夷犹，
谁阻君之清游？

》14
君作恒山之吟兮何为？
将以遗我兮双美？

》15
君之来兮何晚？
我眼欲穿兮我魂欲断！

》16
我之哀鸣兮无以寄君，
君爱我兮，君将听之于无声！

离魂曲①

》1

桂冠兮尘封,
晶泪兮成冰,
爱不我与兮,
吾将为谁而生?

》2

大海兮涛狂,
吾生兮如船,
谁为我把舵兮,
驶向日出之东方?

》3

我有佳人兮,
溺彼现实之浊流。
我有佳人兮,
日随风波而浪游。

①原载《狂飙》月刊第2、3期合刊(1924年11月1日)。

》4

一日不见兮,
有如三月——
三月不见兮,
吾泪尽而成血。

》5

我无羽翼兮,
负彼倩身之娉婷;
升之于光明之天兮,
息之于理想之宫。

》6

弹不成声兮,
听而不闻;
吾将碎此绮琴兮,
易之以钟鼓之噪音。

》7

生不足恋兮,
死又何惜?
不得佳人之一盼兮,
吾虽死而不瞑目。

》8

吾生有所为兮,

为彼佳人。
吾有美才兮,
将献之以求婚。

》9
脸漂亮兮眼昏,
桃李其貌兮,霜雪其心,
视我之珍宝兮,不值一哂——
我之珍宝兮,固炼自宇宙之精醇。

》10
吾歌未终兮,
吾魂已飞;
吾将化为厉鬼兮,
凭彼身而作祟。

》11
吾欲吮彼鲜血兮,
舌挢而口噤;
吾欲扼彼香颈兮,
手麻木而不灵。

》12
魂兮何怯?
彼乃我最高之主宰兮,
幺麽之小魂兮,

汝欲何为？

>> 13
吾生为佳人而生兮，
死亦为佳人而死，
魂乃我之奴隶兮，
汝何敢忤余之意？

>> 14
吁嗟我魂兮，
汝何太愚！
吾既命汝以杀彼兮，
吾又将执此以正汝之罪！

>> 15
吾爱佳人兮，
甚于爱我，
汝精诚之忠魂兮，
狺狺兮为何？

>> 16
吾作招魂兮，
命彼归来，
吾欲托之以重任兮，
为我作玉宇之邮差。

》17

魂兮归来！
汝为我寄言兮与彼佳人，
谓我之天马已备兮，
吾将驰骋于穹窿之太空。

》18

吾将登富士之高巅兮，
吸东方之朝暾；
吾将泅爱琴之幽窈兮，
瞰海女之仙宫。

》19

吾有幻梦之灵吻兮，
吾有雄武之伟干；
朝饮巴黎之佳酿兮，
夕以柏林作战场。

》20

吾将携艇于斯比西湾兮，
吊雪莱①之香魂；
吾将飞马于米梭朗其兮，

---

① 雪莱，英国诗人。30岁时在斯比西亚湾遭风暴，溺死。

迹拜伦①之故踪。

》21
拿破仑②之犷骠兮,
留滑铁卢之遗哀;
维廉第二③之轻狡兮,
宜普鲁士之失败。

》22
吾将溅血成洪流兮,
同众魔而永沉;
吾将横尸作虹桥兮,
渡生民于乐欣。

》23
吾欲鞭马克司之尸兮,
何为造科学之谰言?
俄罗斯二万万之赤子兮,
遂初生而逢殃。

---

①拜伦,英国诗人。浪漫主义者。
②拿破仑,法国将军,法国第一执政和皇帝,曾征服许多国家。1815年6月,在滑铁卢与英军遭遇,战败,不久退位。
③维廉第二,现通作威廉第二,德国皇帝,发动第一次世界大战,给人类造成重大灾难。战争失败后逃往荷兰避难,1941年死去。下句"普鲁士",指德国。

≫ 24

炸弹兮雷鸣,
飞艇兮翔空,
血迸飞兮天红,
吾叱咤兮指挥于其中。

≫ 25

吾有其志兮,
而失其力,
吾魄空存兮,
吾魂已侍彼佳人之侧。

≫ 26

愿佳人兮救予,
赐吾魂兮来归。
愿佳人兮垂爱吾魂,
使彼得称意而返命。

≫ 27

嗟余一失侣之雁兮,
嘤嘤而哀鸣。
余生而无所着兮,
何暇顾众庶之悲欣?

≫ 28

我有喧天之鼓兮,

请佳人为我敲之!
我乃千里之马兮,
汝何为弃而不骑!

>> 29
汝为我扬巾兮,
如云旗之飞空。
汝樱唇之微动兮,
我如闻上帝之诏命。

>> 30
吾若枯骨兮,
欲求生而不得,
汝既有此誓言兮,
何不赐我以处女之鲜血?

>> 31
汝之法力兮无穷,
我之所爱兮惟汝一人,
汝何以宽博遇众兮,
独报余以悭吝?

>> 32
吾魂营营兮,
彼沉默而不言,
不识我之美意兮,

谓为苍蝇之声。

》33
欲归而未敢兮,
欲留而不能,
吾可怜之穷魂兮,
迷惘而不知所从。

》34
吾批颊以自责兮,
血涔涔其满襟。
魂无辜而受罚兮,
吾何为出此乱命?

》35
声嘶而力竭兮,
魂恹恹而将死,
招吾魂其来归兮,
听吾二次之差使。

》36
归来兮吾魂!
请返君之故居。
君流离其失所兮,
我惶惑而无所措。

》37

汝为我作哲士兮,
识天地之玄冥,
虽至远与极微兮,
汝观之如掌文。

》38

汝瞑目而遐思兮,
告我以佳人之何想?
汝攘袖以伸指兮,
为我弹佳人之心弦。

》39

面微晕兮泛朝霞,
眼流波兮浮碧水,
彼玲珑之巧心兮,
汝视彼方作何语?

》40

身若被电兮心若惊弓,
神思瞀乱兮坐卧不宁,
汝报我以此讯兮,
我将为彼作安慰之妙音。

》41

静夜兮孤灯,

对卷兮微吟,
彼吟美的颂歌兮,
抑恒山心影?

>> 12
见宿鸟兮伤离,
临流水兮叹逝,
何不酌青春之醇醪兮,
赐以醉彼之爱者?

>> 13
汝熟催眠之秘奥兮,
引佳人而入梦;
梦我栩栩而化蝶兮,
飞入彼要眇之酥胸。

>> 14
理情丝而成线兮,
招月老而语之;
贯佳人之灵窍兮,
系之于我之窝脐。

>> 15
我大如宇宙兮,
小如电子,
彼立我指爪之上兮,

我宿彼血轮之内。

》16
汝为我作天使兮,
驾彩云而翱翔,
余仙乐之袅袅兮,
吾来自理想之乡。

》17
安那其之美备兮,
乃超人之所居。
吾在群彦之中兮,
忝滥竽而充数。

》18
闻故土之哀鸣兮,
吾心悸而情动,
不惜天遥而路远兮,
将以救落伍之诸昆。

》19
掇太阳而为光兮,
发狂飙之长啸,
众耳聋而目眩兮,
咒我为乱世之妖。

》50
吾怀忠而见谤兮,
心迸裂而欲坠,
忽见佳人之倚楼兮,
眼盈盈而望我。

》51
吾欢忭而欲涕兮,
忽失声而成叹,
知佳人之卓越兮,
诚万物之灵长。

》52
恋意积于中情兮,
身炎热其将焚,
向佳人而致辞兮,
曷扶摇而上登?

》53
爱佳人之聪慧兮,
知人生之何求,
吾与汝比翼而齐飞兮,
归永乐之芳洲。

》54
嗟佳人之易感兮,

爱邻人其如己,
我为君作破坏之暴徒兮,
君为我宣和平之法旨。

» 55
羡佳人之灵秀兮,
乃造化之所钟,
我智尽而技穷兮,
愿委身而待命。

» 56
我愤懑其欲狂兮,
将倒行而逆施,
顾佳人之贤淑兮,
复我壮美之初志。

» 57
恍大梦之初觉兮,
众欣欣其再生,
吾与汝先驱而指路兮,
众踊跃而追奔。

» 58
忽所向之将至兮,
闻欢呼之如雷,
我与汝唱凯歌兮,

众齐声而和之。

>> 59
吾千呼而万唤兮,
魂寂寂其不归。
酿江水而为酒兮,
奠吾魂而招之。

>> 60
汝为我作诗人兮,
吐旷邈之颂歌,
向佳人而诵之兮,
彼遵声而投我。

>> 61
泣杜鹃之幽咽兮,
唳玄鹤之清朗,
彼情波之荡漾兮,
若沉渊而升天。

>> 62
缀星斗而为字兮,
织云霞而成章,
猗光怪而陆离兮,
呈佳人之青览。

> 63

借广陵之绝调兮，
谱绿绮之新声，
彼知音而识曲兮，
效文君之来奔。

> 64

挹清秋之玉露兮，
曜春日之明辉，
感芳龄之不再兮，
愿及时而爱予。

> 65

彼永夜以相思兮，
魂忽忽其将离，
为彼作安眠之歌兮，
引佳人而入寐。

> 66

鸣泉噎其湍濑兮，
垂杨失其旖旎，
吾诗成而遥思兮，
问佳人之知否？

> 67

垒雪花而为屋兮，

镶流星其盈楣,
吾新造艺术之宫兮,
待佳人之卜居。

>> 68
振凤鸣之即即兮,
于雀噪之啾啾,
彼芳心之自警兮,
恐托身之非偶。

>> 69
忆佳人之艳丽兮,
成锦绣之名文,
哀佳人之抑郁兮,
如落叶之随风。

>> 70
万籁阒其息响兮,
吾引吭而孤鸣,
惊佳人之噩梦兮,
玉泪溃其沾衾。

>> 71
辞倾河海兮笔挟雷电,
四韵铿锵兮五色斑斓,
壮兴云飞兮逸思雨来,

惟赖佳人兮赐我灵感。

>> 72
空气颤兮如梭,
歌音起兮如波,
闻清和兮不疑,
非佳人兮伊何?

>> 73
汝其速归!
吾有宝剑兮待汝佩之。
汝为我作侠客兮,
为佳人之护卫。

>> 74
彼性善而胆怯兮,
畏社会之舆论;
彼天真之未凿兮,
昧人世之伪情。

>> 75
彼貌美而名高兮,
群蚁骛其争逐,
彼独力之难支兮,
何以诛此妖孽?

》76
生小家之碧玉兮,
长艺林之名媛,
众庸愚而不识兮,
犹视之如畴曩。

》77
少见而多怪兮,
众口腾其欢沸;
思高而行迈兮,
宜社会之谣诼。

》78
凡于彼有不利兮,
汝杀之而勿疑!
凡为彼所不喜兮,
悉听汝之裁制!

》79
魂兮归来何迟!
上帝赐我遗产兮待汝受之。
汝为我作富翁兮,
散之以乐佳人之意。

》80
移广寒而为宫兮,

折若木而成堂，
浴天河之神水兮，
卧海龙之玉床。

» 81
戴孔雀之彩翎兮，
披仙鹤之白氅，
集狐腋而成裘兮，
围虹霓之华裳。

» 82
漱蟠桃之香露兮，
理朝霁之新妆，
佩瑶台之红玉兮，
插净土之白莲。

» 83
畜羚羊而成群兮，
驱蛟龙而守户，
饲凤凰于金笼兮，
代檐前之鹦鹉。

» 84
驾鹏翼而为艇兮，
辟瑞士而成园，
携佳人而同游兮，

众惊睹如逢仙。

》 85
何顽魂之倔强兮，
终不听余之命？
见芦苇之委靡兮，
若谢余以不敏。

》 86
疑急喘之难续兮，
疑尸碎之无存，
汝临阵而逃亡兮，
抑赍志而歼身？

》 87
天地隘其无隙兮，
日月暗而不明，
哀吾身之何托兮，
将随魂而俱尽。

》 88
攀树顶以俯瞩兮，
羡湖水之清优，
欲踊身而下跃兮，
与白鸭其同游。

》89
饮高粱之浑液兮,
日薏其常醉,
余人中之健者兮,
何生涯之如此?

》90
夜耿耿以不寐兮,
对诗卷而孤吟,
何明月之临窗兮,
无佳人之伴予?

》91
叹奔波之徒劳兮,
欲抽身而自为,
偶一时之偷闲兮,
情脉脉其念汝!

》92
在璞玉兮琅琳,
欲以遗兮佳人,
吾三献而未剀,
乃失我之精魂。

》93
伊秋风之将息兮,

吾乘槎以东征。
逐三岛之浮鸥兮,
抟东海之长鲸。

>> 94
吾欲先登恒山兮,
览北方之雄奇。
小鸟喃喃其语我兮,
谓佳人曾游于此。

>> 95
抚石上之余影兮,
嗅脚下之尘,
风飒飒而树动兮,
疑佳人之来临。

>> 96
吾将绕道至西湖兮,
观南方之佳丽。
见师复之遗冢兮,
倏汗下其如雨。

>> 97
失春光之明媚兮,
余秋色之萧条;
知佳人之好游兮,

愿明年其来早。

》 98
吁太原之末日兮,
或世界之生辰?
余行装之已备兮,
待魂归而登程。

》 99
魂渺渺其无影兮,
余嗷嗷而望汝!
纵忽忽以失路兮,
何久久之不归?

》 100
忽山岳之崩颓兮,
余倒身而在床。
如佳人其爱我兮,
请为我爇返魂之香!

爱的憧憬[1]

明月在天,照我孤眠,
我思爱人,在彼西方。

西方凄清,爱人滞停,
思我不见,泪下成冰。

冰泪如丹,历历胸前,
我欲饮之,消我渴肠。

愁思如结,魂断欲绝,
愿得天手,系魂解愁。

炮击[2]隆隆,震我床动,
我欲起舞,静彼妖梦。

---

[1] 原载北京《狂飙》周刊第7期(1924年12月21日)。
[2] 击,《狂飙》周刊作"声"。

爱人不见，失我主宰，
身且不保，勇自何来？

万念俱寂，我心惟汝，
装心入筒，将以寄之。

气塞汗蒸，邮差怪惊，
疑被鬼凭，如负千钧。

爱人见之，乐极涕零，
视之无形，而闻其声。

其声华贵，如钧天乐，
其声凄楚，如鬼幽咽。

把玩不释，悲喜交作，
以我心动，知彼情结。

汝亦有心，何不寄我？
两心相易，各得其所。

我有父天，锡我苦寒，
我有母地，畜我空房。

我有爱人，劳我思量，
我有生命，一息恹恹。

我有奇谋,藏之胸中,
我有宝剑,羞涩苔生。

我有同情,弃置不用,
我有胞与,救之无心。

我有哲学,辍笔中断,
我有艺术,失其宝光。

我欲远游,胫断脚胕,
我欲自杀,爱汝不忍。

我居宇宙,如居荒岛,
海水茫茫,围我周遭。

长鲸吼鸣,对我流涎,
欲食我肉,饱彼饥肠。

妖狐扑率,献媚求欢,
欲吸我精,羽化登仙。

芦苇轻佻,作态翩翔,
笑我孤独,益我凄凉。

飚飚飓风,为我少停!
愿附汝胁,与汝长征。

红叶坠地,霜寝其上,
我生如叶,我心如霜。

我有扁舟,轻巧玲珑,
发作风帆,肺作舟身。

十年之功,一旦无存,
我陷荒岛,彼留海滨。

我呼爱人,汝其救我!
汝手颀长,为我把舵!

碧波粼粼,舟行盈盈,
我唱祷歌,汝诵福音。

我本无生,而汝活之,
愿作牛马,供汝驱驰。

鸣衾瑟瑟,伊谁在旁?
不见爱人,惟见空床!

挑灯展卷,读我安那,
寒光如磷,断魂欲化。

纸墨飞动,疑在书中?

我呼爱人,爱人不应。

嗟我维特,汝诚我师!
愿入汝墓,与汝同栖。

苏宾何人?夺我海琳!
汝有华饰,我有裸身。

郑恒狺狺,怒目向我,
我无红娘,其奈君何!

如居垓下,四面楚歌,
抛书起舞,泪下成波。

凤兮凤兮,何德之衰!
举世皆聋,汝欲何为?

昔居山中,羽毛丰润,
今来尘世,神形交病。

欲诵颂歌,超拔凡庸,
遭时不遇,乃变鸦鸣。

凰兮凰兮,望汝来归!
赐我勇气,与我和谐。

我生渺小，如叶在树，
不有好群，何能独愉？

我曾看见过朝云，
在现在呵，天已黄昏，
如我能从白地归来时，
爱呵！我可能重投入你的怀中？

爱，我的朝云呵！
你们都哪里去了？
夕阳下晚风倦了，
你藏在那里呵，我的少小！

从天的初启的一角，
你伸出你的那一双白手，
我，一个未出土的小芽，
爱的你呵，轻轻地把它来掩护。

朝云掩抱着天边，
你的手掩抱在我的心上，
少小的清晨呵！
一切都活泼与新鲜。

从梦中走出时，
我仰望着蔚蓝的天，
走入你的怀中时，

我仰望着你的俊俏的慧眼。

天,我的,你的眼呵!
你们便长此闭休了吗?
乌云中尚且有闪电在迸流呵,
我们的乌云呵,便长此闭休了吗?

你的处女的胸怀呵!
春天的纯洁与夏天的温热呵!
但现在已是严冬了,
衰老者呵!瑟缩的战慄呵!

已逝的流水呵!
已逝的年华!
如我能从白地归来时,
爱呵,我可能重投入你的怀中吗?

流水呵溶溶,
我的鬓边呵,笑语风生,
当我坐在你的膝上时,
流水呵,在我的鬓边溶溶。

小舟呵轻倩。
那时呵我已看见过海洋,
汹涌的白波久已停息了,
舟子呵,你漂流到了何方?

又像是洪水泛滥,
你的接吻呵,泛滥着在我的唇边,
当我倚在你的胸前时,
洪水呵,在我的唇边泛滥。

洪水久已在停息了,
但我还没有走到白地,
便是我如从白地归来时,
爱呵!我能否再看见你?

我有时伏着窗沿,
玻璃中我望着你的倩影,
一个透明的影呵,
在薄冰上轻轻地移动。

你于是进来了,
我开始给你唱歌,
你为什么喜欢他们呵?
可惜我那时未曾问过!

我只知道尽情地唱呵,
因为只有那是我的所能,
可是你也未曾问过我那一个秘密,
我在唱着呵,为一个女神!

是一个女神,
或者是一个妖精?
是我在故事中听来的那个,
一个狐仙变成的美人。

我还有什么疑惑,
你是那样相像?
狐仙变不过她的尾巴,
一条长辫呵,常拖着在你的肩上。

那是一个神仙世界吧,
我那时曾经住过在里边,
我在被一个神仙爱了,
我自己如何能不是个神仙?

时光都已消逝了,
只剩着无弦在我的口唇,
时光虽已消逝了,
无弦上我收积着不逝的声音。

我能唱更美更美的歌,
天使们听了也休想赞和,
但是美人儿早已消逝了,
默默的歌者呵!他还唱给谁个?

天地便长此闭休了吗,

没有人也没有声音？
但如我能从白地归来时，
"亲爱的姐姐呀！"我能否再这样叫你一声？

你的身段细而长，
像柳枝垂在湖边，
微风在枝上瑟瑟地移动时，
轻捷的你呵，像一条白蛇溜过了草上。

但如在炎热的夏午时，
清凉的阴影便遮蔽着我，
飞鸢在空中画着它期待的圆，
你之外，可怜的小鸡呵，向那里藏躲？

我正是一只可怜的小鸡，
阴影变做了翅膀把我遮蔽，
但你为什么不让我招呼它们同来呵，
那些流浪的小鸡们，正都是我的弟弟？

所有的色泽都残褪了，
只剩有苍灰呵，暮景依徙，
但如我从白地归来时，
我可能二次变做个小儿？

是呵，我正是一只小鸡在你的怀中流浪，
阴影中响动处投下了一头飞鸢，

它吃尽了我的血,吃尽了我的肉,
被遗弃的骸骨,便永留在天边。

昏醉呵,我已曾昏醉过了,
昏醉在太早的太浓的酒里,
清醒呵,我也曾清醒过了,
清醒时,我自己正像是一只空杯。

从暮云深处,我望着我的家乡,
家乡中能否有朝云飞来,
如我能从白地再归来时,
亲爱的姐姐呵!我可能投入你处女的胸怀?

给——

《给——》作为《狂飙丛书第二》第六种，1927年9月由上海光华书局印行。作者共写同题诗约50首，书中收入40首，集外作品附后。

写给《给——》

两年来写的恋爱诗，大抵都收集在这里了。没有比恋爱更为契合于艺术的。恋爱的本身不已是艺术吗？经济产生争斗，而恋爱产生诗歌。艺术需要恋爱化，而经济却需要艺术化。

美是什么？爱的对象而已！没有利害的打算，你去爱她，她便是美！还没有赶得及打算，你已爱她了，她便是美！诗的形成，是爱与美的证明。

还有人不相信一面之缘是会发生恋爱的；然有些恋爱却是发生于见面之前。也有久已熟识的，而无意中的一言一动才唤起了恋爱。它是自然的，仍让它自然好了。不必以人间的规矩去管辖它。它不是政治，也不同于交易。

当我凝想的时候，一个人形出现了，就写她在我的诗里。这一首诗不同于别一首诗，因为这一个人不同于别一个人。如其缺乏了其中的一人，我的这本诗集便不会这样完全。如有人能够从某一首诗还原到某一个人时，超越的读者呀！

然而，它的范围逐渐扩大了。我初写的时候，还只为一事—

物。后来,那些不属于通常所叫做恋爱的,我也都写了。而且它们完成了恋爱。所以它们也仍然是恋爱。因为恋爱的范围扩大,所以诗歌的范围也随着扩大了。

我称之为恋爱的华严吧!

不到十年以来,青年们大抵都知道了恋爱;而且学恋爱了。可惜这件事情是能够影射,而不能够传授。艺术的功用,是在使它的领会者不学而能。恋爱坐了贼船,快要落水了。救之者是艺术。而又有人想并艺术而劫夺之。然而艺术的形式是诗歌。

艺术将与经济调协呢,将与争斗呢?不,艺术决不与什么争斗!与艺术接触了的,是无等差。艺术救了恋爱。而经济也坐了贼船,快要落水了。艺术且将去救经济。如何去救?是:以无等差救之。

将由恋爱而渡到经济。"经济人们"便不能扩大了它的范围吗?经济便不能够产生艺术吗?经济便不能形成诗歌吗?经济便将止于是一个背景,而不是本身;止于是一个驱策,而不是一个契合吗?经济便没有无等差吗?

给——出版了!让我去完成经济的华严吧!

一九二七,六,一九

请允许了我的要求:不要忘记这诗的作者是一个过着最近似孤独生活的人。其实诗的语言也已经宣布过了。但诗比语言,是更容易引人误解的。

因此,这本诗集,还说不得是完全的恋歌。别一个新建筑,已在《献给自然的女儿》的题目下去开始,去完成了。而且,恋爱也是没有止境的。

作者不知道什么叫作精神的美,物质的美。光是美的本身说,它已是无界限的了。

萦心于嫉妒与患得患失的人,不能够享受恋爱的幸福。把恋爱当做个人的私产,所以恋爱死了。恋爱是自由的,天真的,不能够被任何事物所束缚。

任情而动:行其所不能不行,止其所不能不止。一切的价值,都生于无私。

有一些人,将在我的诗中看见他的最真实的面目。她也许会惊讶于那些她所未曾自觉的美,而起遐想。可是我已经走过去了。连我都不能忘情。然而人间是很广阔的,我不能停在它的一角。过去的成绩止于如此。如果她是一个超于得失之外的人,则她也不会有太多的遗憾。况且她也已有所得了,而大路又还在前边。

但我愿意这卷诗的读者,忘其行迹,而存其艺术。我愿意他假定自己便是这些诗的作者;她呢,像在倾听着她的爱人的恋歌。愿天下有情人都联合在这卷诗集的面前!

人常把恋爱比做海,错了!海之大者曰洋。比做水;而又有冰洋。冰独非恋爱吗?冰洋独非大于海吗?山独非恋爱吗?日月星辰独非恋爱吗?

什么是恋爱呢?恋爱是自然。恋爱共通于自然的全体同它的每一部分。

没有恋爱的人,是生活的残废者。

到了每一个人的衣囊里都有一册恋歌的时候,性的黄金时代便来了。

救治两性间的丑恶和差异,没有再比恋爱的艺术更为有效的。真正的科学也能够。政治呢,则常有其志而无其力。教育也适得其反。

然而又谈何容易! 或者,恋爱只在今日,也将成为贵族的吗?

但是,青年都将向这里走来了。给他们唱歌,并且引出他们自己的歌子,一齐唱着向这里走来!

登上性生活的高峰,踌躇满志,再跨到别的高峰去!

我们的陷阱太多了! 不进则退,且将与走肉同腐!

是永久的呢? 是变迁的呢? 是专一的呢? 是普遍的呢? 这些都不是应有的问题。重要的是:恋爱,而且去恋爱!"自然"将有最满意的解答!

小主观的判决有什么用处呢? 计算仍被采用于恋爱时,则恋爱将终于商业化了。

真理是相对的,而恋爱也是!

话没有说完的时候,就此中止了。

再为读者诵一曲古歌,算是临别赠言吧——

得恋安知非祸?

失恋安知非福?

恋于得失之外,

一切福中最福!

一九二七,六,二〇,长虹

①

我曾经一次看见你,
在弟弟的梦中。
虽然是邂逅相遇呵,
却好像我们是久已熟识的人。

你穿着一件粉红衫,
你跑着在我的前面,
微风吹起了你的衣裳,
你的衣裳呵,像蝴蝶儿飞出花间。

你大概是十六七岁吧,
但这有什么要紧,
你是超出了时间的限制的,
时间在你呵,永久是青春。

是一个初春的晚上,
我们跑着在田地里,
这是多么轻软的田地呵,
因为它开拓在弟弟的梦里。

我们踏着弟弟的梦跑着,
我们忘记了幸福,忘记了自己,

---

① 原载《语丝》周刊第29期(1925年6月1日)。自本篇至第8首,曾收入《心的探险》。

我们自己的幸福呵,

躲在弟弟的心中,变作了颂祝的言语。

我们虽仅只一次的相遇,

但我们的幸福呵,却永久在生存,

因为我们生存在弟弟的梦里,

幸福在我们呵,是一个永久的梦。

》♪①

你的眼,卑怯如小羊,

你的手,娇弱如白莲,

你的脚步,如蝴蝶临风而翩跹,

从你那如水呜咽的音波里,

我听出你说不出的幽怨,

我读尽你全篇的历史,

在我初见你的那一瞥时间。

》♪②

我躺在我的梦中,

虽然是疲倦了,

却正在准备一次的远行。

---

① 原载1923年9月24日北京《晨报》副刊,题为"一刹那的回忆"。《语丝》在刊发《给——》之一的时候,本篇排为二,同时刊发。

② 原载《莽原》周刊第7期(1925年6月5日)。原刊时,第5节的"或者"作"或者可以这样说"。

我曾经远行过,在我的梦中,
但我已经疲倦了,
我要走出了我的梦。

我在等候着我的伴侣,
如何一个伟大的伴侣呵,
将要证明给我以梦的奥义。

如何一次急切的远行呵,
我已经疲倦在等候中,
因为我所等候的呵,是我的梦中的人。

我们将要走出了我们的梦,
出现到真实的世界上,
或者,我们将要把世界呵,运到我们的梦上。

但我已经疲倦了,在我的等候中,
因为我的等候呵,仍然在我的梦中,
因为我已经疲倦了我的梦。

》✐[①]
太阳从你的面颊上溜过时,
留下了一滴红的光波,

---

① 原载《莽原》周刊第 18 期
（1925 年 8 月 21 日）。

它忘形地跳跃着,
如红莲浮游于水上,
你的肤纹里透着白光,
它像在银宇中满足地酣眠,
它像小儿卧在摇床里,
太阳的光在你的颊上找到了它的宿舍,
你抚育着它使它永久鲜艳如初开的蔷薇。

当太阳再从你颊上经过时,
它将要吻着你的颊,歌颂道:
"你最爱者呵,我爱你如爱我自己!"
那时我便会推开了它,斥道:
"这是①我昏醉时误喷的一滴酒痕!"

微风藏在你的眼眶里,
夏夜解醉的微风。
我心已醉,
被爱抑是被憎?
你的眼珠亭亭地立着,
在它的屏风里,
不笑不言,
无情地望着我,
微风倚在它的身后。
我叫着,

---

① 单行本误作"时",据原刊改。

醉的心沉在我的叫中,
哀求滚出了我的唇边。
你开始笑了,但像是得意,
你的眼睛却一闪都不曾转动。

你是来自天上,
你是生在水边?
都不是的!
你是我心上迸出的一颗血球,
而创造成自己的生命。
那时我的心便开始了不可忍耐的剧痛,
我像中弹的狮子般狂吼,
剧痛永久存在我心上,
如你的生命存在人间。
吼声已渐衰弱,
我忘记了去赴我的行程,
因我的心已经破碎,
"回来呵,我自己!"
我只剩有我的最后的声音。

》5 [①]
你的那一滴眼泪,
当我走的时候,

[①] 原载《莽原》周刊第 11 期（1925年7月3日）。

跃动在你眼里的，
我已经取了出来，
藏在我的心里。

当我做梦时，
我常取出它来，
放在我的眼前，
我轻轻地吻着，
不让它受一点惊动。

我常看到你，
站在这一滴眼泪上，
我在旁边装着没事似的坐着喝酒，
你的头发散乱着，
眼泪在你的眼中开着花。

我要保存着这一滴眼泪，
在我的心未曾毁灭之前，
我有你的心在我的心里，
我保存着你的心，
别离时你给我的苦痛赠礼。

》》6
那时间，
你立在海滨，
伴着你的只有你自己的影，

海水在你的面前展着碧镜,
海潮欲起未起地在你的脚下蜂拥,
白云从你的腋下升起,
在你的头上谱出了花纹,
珍珠似的雨滴降在海上,
海水上游起的浪花映在你的眼中,
你的眼中流出珍珠似的泪,
滴在地下连你的影都颤动。

那时间,
我立在山上,
我守候着我的小羊,
海风从远处向我送来,
挟着酸苦的喟叹,
小羊咩咩地叫着,
从它的小身躯上滚下了寒战,
我跟着小羊的眼光望去,
我所看见的只是我自己的意象,
海风从我的心底咩咩地叫出,
我携着我的小羊走下山巅。

那时间,
太阳从海上上升,
我们立在太阳的光中,
伴着我们的有我们的小羊,
海草在它的面前展着碧镜,

红云从你的颊上升起,
变成快乐的影在天际飞行,
太阳像火箭般射着,
一粒粒的浪花都在颤动,
海潮沸腾在我们的心底,
金色的世界映在我们的眼中。

》7
当你的眼睛看着我的时候,
我变成一只小船,
漂浮在碧绿的海上,
四周酝酿着潮湿的空气,
上面展开着鲜明的青天。

当你的头发披散在我的脸上的时候,
我觉着有无数的蚰蜓,
钻进了我的每一条血管,
吸吮着,吸吮着,
我的血液都麇集到你的顶尖。

当你的唇吻触到我的颊上的时候,
好像有许多音浪,
滴在琴的弦上,
由你心到我心,
飞流着说不出的心曲。

当你的双乳伏在我的胸上的时候，
我像是一个远行的孤客，
失迷在幽默的深山，
前后突起的峰头，
挡住我来时的路径。

当你的手挽着我的手的时候，
世界整个地陈列在我们的面前，
呈献着许多不同的道路，
走呵！走呵！
都在叫喊着要我们自由地走去。

当你的眼泪流在我的手上的时候，
我的手变成一朵鲜花，
上面晶结着从自然的心中渗出的露珠，
我便像一只蜂儿，
把它们一滴一滴饮尽。

当你的心儿跳动的时候，
我便睡在你的心上，
我像是跪在自然的面前，
从它自己的嘴里，
我听见了一切的秘密。

当你的身体拥抱着我的身体的时候，
我们便变成了一个单纯的整个，

也没有你,
也没有我,
恋爱的母亲抚拍着她的新生的孩儿。

>> 8
当我们拥抱着的时候,
我们都假装着是在欢乐,
但那诚实的心呵,
却知道为我们悲戚。

我们藏起了眼泪,
而各各呈献出我们的接吻,
但我们接吻的味是苦的,
因为它里边藏着的呵,也仍然是泪痕。

我们的身体是那样冰冷,
我们原只是呵,两个死人,
所不同的呵,便是我知道我是已在死灭,
你还在迷恋着死灭的生存。

你厌恶那灯的光明,
因为那灼灼的鬼眼呵,可以照出了我们的尸身。
你惧怕一点轻微的笑声,
因为我们是偷活在呵,那些生人的屋中。

我们也曾酩酊过吗?

但我们酩酊在呵,是干燥的酒里。
我们也曾流出过热的汗吗?
但这汗汁呵,是罪恶的秽水。

旁边睡着我们的孩子,
不知道为着什么呵,忽然又在啼哭,
我们是如何卑怯呵,
我们有泪却不敢流出!

但当那一刹那欢娱的时候,
如有一只飞来的斧头呵,劈开了我们的心,
则我们立刻会从迷惘中跳了出来,
便立刻会有银灰色的淤积呵,从中喷涌。

》.9[①]
那一个夜里,
我从你的门前过去,
你的门关闭着,
像一个墓道。

但我没有说话,
我只静静地望着那门,

---

① 原载《小说月报》第 17 卷（1926 年）第 10 期,排第 1。自本篇至第 20 首曾收入《光与热》。

我静静地走了过去，
怕惊了你的梦。

黑暗蹲着在我的前面，
我静静地走进它里边，
我只留下这一点静默
在你的门上。

明早你醒来时，
你会立在那里，
没有形也没有影，
你不会知道昨夜的秘密。

但我像遗失了什么，
在你的门外，
当我走入一个远的距离时，
我像一个迷途的燕子飞出了天界。

于是你的影便给我出现了，
那是我只见过一次的影，
那是永久的，新鲜的，
甚似太阳，甚似我自己的心。

她是那样的美，
但我不敢把她同你对照
虽然她已脱离了空间，

但她回到空间便会变了。

我于是停住我的脚步,
我已忘记了我那时要去何处,
我默默地对着你的影,
我不需要更多的言语。

她便开始移动了,
她到处便开辟了一条道路,
发着金色的闪闪的光,
它指给我一个思想的途径。

我于是走进了你的小房,
你默默地睡着像一弯新生的月亮,
但我并没有惊异,
因为这个倒像是我所应当。

你的影便消失了,
你的睫毛便开始跳动了三次,
那时便一切都明白了,
因为我的幻想正在那里接吻了三次。

那时便一切都明白了,
我立刻孤身走出你的屋门,
留着你的影在你的身边,
因为随着我的已有她的主人。

我静静地从你的门前过去,
也没有说话也没有望,
我只默想着你做的梦,
一弯新生的月亮照在你的眼上。

那个梦也许会忘记,
当你明早立在你的门前的时候,
但我那时又要从那里经过了,
你会知道我们那时会变成什么人儿。

》*10*①
在空的尽处,
有一片隙地,
曾有一无名的过客,
在那里种满了绝灭之花。

但到那花开放时,
过客已不知何处去了,
在春来的第一个秒钟,她开放,
她是那样红,像人心又像血的心。

当我醉卧在楼顶时,
我常想象着一个奇异的探访,

---

①原载《小说月报》第17卷第10期,排第2。

如其你愿意呵,
我们一同到那块地方。

在我们两个的面前,
那一片隙地上,
红的花开放了,
她像人心又像血的心。

》11[①]
让我放我的心在你的脚下,
当你厌烦地在开始移动着时,
我便会变做一个败家子,
从他的坍塌的房中跑出。

你的睫毛在你的眼上怒竖嶙嶙,
你的眼皮高耸着像在追慕着天空,
便在那无言的恐怖时代,我的爱呵,
让我用最高的崇拜呵,接吻你的眼睛。

在烦恼的云中,我镇静着,
那时你在睡眠,或者尚未出现,
我怕惊动了你,我防范着,
一个不规则的最小的声张。

---

①原载《小说月报》第17卷第10期,排第3。

我生长在荒漠中的深山，
你生长在海洋下的幽渊，
但当我向着无涯在空望时，
我的爱呵，你便盈盈地走到我的眼边。

在那想象的塔与塔间，
我建筑起一座长桥，
当猫头鹰在唱出它的夜曲时，
我便要经过那里呵，拜访你的香巢。

再没有更好的厚意，
像你所用以对待我的，
你虽然拒绝我的身的登门，
但你不拒绝我的心的入室。

当我走进一个传奇的世界时，
我梦见我在抱蛇而眠，
当我的充满了毒液的血管又清醒时，
我的爱呵，我一千次在颂祝你的神感。

被弃的落叶飞舞在秋的空中，
去完成它的华美的一生，
你便是那个偏私的自然，我的爱呵，
我便是那个自然的爱宠。

墓冢里我将要留下我的荣名，

我的残余在那里将你静等，
一个信誓者将要走来，
她奠我以她的空白的酒尊。

>> 12 [①]
在你的浅碧色的眼中，
我看见我的悲哀的全面，
没有隙缝。
没有波浪，
它那样稳定地躺着，
在我的心上。

从我的窗开处，
你偷掷进你的望眼，
没有移动，
没有声唤，
"休惊动了你呵，"
我是那样想。

>> 13 [②]
当我死去的时候，
向我的棺材的停放处，
你只要努一下你的嘴唇，
无论你的距离是多么远近，

[①]原载《小说月报》第17卷第10期，排第4。
[②]原载《小说月报》第17卷第10期，排第5。

我便会听见你在说:
"这是应该的。"
从我的死骸中,
那时,你将向你祝道:
"哦,我的救主!"

在被遗弃的床上,
连睡眠都已逃避,
只有白痴的夜在伴着我,
蚊子盘旋在周遭,
在那些美的赞歌的上面,
我看见你往日的幻影,
从我的迷惘中,
那时,我曾向你祝道:
"哦,我的救主!"

》14[①]
"待我二年,
不来而后嫁!"
爱呵——
你可允许我吗?

这是一个远的行程,
我也许遗忘了一切,

[①]原载《小说月报》第17卷第10期,排第6。

在这个徒然的跋涉中,
也许是一个壮丽的长征,
我将要夺回那无上的荣名,
但是,这些呵——
我都在为着你。
"待我二年,
不来而后嫁!"
爱呵——
你可允许我吗?

东村里有一个富商,
他有富的诱惑如他的富的家当,
有魔鬼做他的使者,
在侦察我的脚同你的眼,
在我走后的第三天,
一个求婚者便要来了,
幸运将要投奔你的门上,
但是,"待我二年,
不来而后嫁!"
爱呵——
你可允许我吗?

西村的那一个荡子,
生他的母亲便是一个狐狸,
他有男子的殷勤与女子的柔媚,
当我每一次在路上遇见他时,

他无一次不显示我他的妒嫉，
在鬼知道的一个时候他要来了，
那时你也许会忘记了我并忘了你自己，
但是，"待我二年，
不来而后嫁！"
爱呵——
你可允许我吗？

》 15 ①
一个华美的梦，
我常抱着在心的深处，
怕的是些微的损伤，
我愿它做成个永久的秘密。

当游人来到我心上的时候，
我将给他打开所有的门户，
任他掷一朵鲜花或一块石子别去，
但那个地方，他休息一瞥的窥伺。

只有在无人的时候，
我才展开它在我的面前，
一个华美的世界——
我与你在分享呵，而且独占。

① 原载《小说月报》第17卷第10期，排第7。

我们站着在上（山）的顶尖，
我们伸手时摩抚着云端，
但这些，我们都厌倦了，
还不如我们且屈膝倾谈。

从那个华美的梦中，
当我们在倾谈时，
一个华美的人出来了，
他像是一切呵，又像是我自己！

》16 [①]
在柔软的微风上，
响出你的嘲笑来，
我静默地听着，
水在幽咽，
天在和穆，
树在伤怀。

是那样锋利，
它刺伤了我的心，
我静默地想着，
是它的残忍，
是我的报酬，
是你的馈赠？

[①] 原载《小说月报》第17卷第10期，排第0。

从怨毒的来处，
你回过你的脸庞，
我静默地望着
嘴儿轻佻，
眉儿颦蹙，
眼儿飘飏。

被眷恋的夕阳，
携去了你的影身，
我静默地躺着，
一时的懊恼，
过去的颂祝，
未来的憧憬。

》17[①]

在一个小湖的边上，
有一所红楼挺立在她的艳阳光里，
中有一人呵——她的真正的主人，
倾倚在梯旁洗衣。
路人从那里经过时，
他们的眼睛都移向楼的深处。

湖水净如银丝，

---

①原载《小说月报》第17卷（1926年）第11期，排第9。

当微风从上面踏过时,
似有人在絮语,
密密的絮语呵,
你们是在楼中,还真在湖里?

一个远方的游人来了,
他带着记忆与悲楚,
所有的尘世他都已看过了,
连一点黑的影子都没有留在他的心里,
他最后来拜访这个小湖,
他的脚步迤逦地走入他的心之所注。

湖水是这样的黯淡呵,
是一幅他的天然的画图,
仍然是众水中之一滴,
他的眼睛在酸痛了,
但他已没有一滴眼泪。

在焦忧的搜寻中,
他望见了那一座小楼,
像朝日的半面初出在海上,
像红裙的燕子蹁跹着飞下山陬,
像他华美的少年时代呵,
二次又出现在他的生命的尽头。

只是一刹那的时间,

游客已变成座上客了,
主妇坐着在他的对面,
生与死的分离呵,
他不能够相信这是一个真的会见。

她仍然是那样窈窕,
虽然她的眉尖像已老了,
她的眼珠仍是同样的明透,
有她的少年倩影在中长留,
她的语言像珠玉沉入水中,
正是从前那一副神异的嘴唇。

她的头发在云端耸起,
太阳从他的疲倦的程途之中,
常歇息在它的荫里,
她的颊上开放着海棠嫩红,
微笑时像朵朵花瓣散落在波心。

她的指头触着他的指头的时候,
他像沉醉在冰与烟里,
血液泛滥着他的全身,
它们忘记了它们的道路,
像他在倦卧在莲花的舟上,
当她的脚尖触着他的脚尖。

这不是天上的神仙美眷,

是我与你邂逅在人间,
我初见你是在那银灰色的梦里,
凄迷的月下,
紫色丁香树旁。

在林木深处踟蹰着,
我像一只迷路的羊,
我的眼睛里闪耀着无光,
一切都像要沉沦了,
我跟着我的脚步踟蹰着,
只有无所知等着在我的前面。

谁是我的主?
请你降临我呵!
无所属的我将属于那个?
树梢上并且看不见一只鬼眼,
被遗弃的我的心呵,你将飞向何处?

那是一个什么的神异呵,
便在那死的时间,
空中振荡的似有天使的翅膀,
悲哀的月亮似乎在笑了,
墟墓间充满了春的呼吸,
袅袅的你呵,从我的空望处走出。

你走到我的身旁,

我那时斜倚着丁香树枝，
幸福的惊恐瘫软了我的四肢，
我一时变成了无体的云烟，
溶消在月的色与花的香里。

白色的淡雾覆盖在路上，
有一簇浓雾从中涌现，
皎洁与芬芳交流着聚会在那里，
它做成一个女子的形相，
带着丰富的秘意你开始移动，
像一道光的波影你留在那氤氲中间。

我像从梦中醒来，
也许在蹋入更深的梦里，
我一时忘记了那华美的目前，
像清醒又像在沉醉，
我只知道一千次的赞美呵，一切都是神异！

在我的路旁你选定了驻节地，
你的浸泻着惊宠的眼睛使我痴迷，
在那里我看见我的骤贵的影子，
它超出了历史，超出了想象，
我的生开始开拓到顶点，
并且在那里呵，我看见你的矜贵的题句。

一刹那的迷恋呵，

我又从那里走出在你的面前，
语言都变成枯朽的绳索，
思想是一块腻垢的布片，
只有在无表示中表示出我的沉默。

你于是在笑了，
你的笑给我以太阳的光熹，
月的虚弱的波浪开始跳动，
像要吞没了美又吐出了美，
从那时你给了我一个永久的定形，
储存在我的多变的心里。

于是，一切便都消灭了，
像红云消灭给海上的晚风，
像伟大的理想消灭给夜的阴影，
你归去了，在你的上面的世界，
留在这里呵，我度我的凡生。

这已是许多年的陈迹，
一去不复返呵，
我该向何处找寻！
我曾入过深山，访过白云，
我曾走遍了天涯，
但天涯并没有你的踪影。

"那不是呵，那不是一个梦！"

在太阳的下面,你听我的行踪!
那一年,在一个城里,我与你比邻,
是一个早上,你从我的门前过去,
那时间,我眼前的一切都在朝霞中颤动。

你刹那间已走远了,
你像那落日似的再没有回望,
到我走回我的房中时,
白日已变成了晚上,
我做了一个不醒的梦,
我梦见你常立着呵,在我的面前。

从那一天起,我便再没有看见你,
我以为你躲在远方,
因为有一次我从坟墓里回来,
我虽只望见你的一个影呵,
到我赶它时,它早已化作无色的轻烟。

这声音正像那无色的轻烟,
他正像坐在烟的里面,
所有的历史都随着形骸飞去,
只剩着她的声音呵,在空中流漾,
又像是他刚从她的门前过去,
他们正是呵,第一次相见。

所有的梦都消逝了,

他们正是初次呵,相遇在人间,
她是一个美妙的少女,
他是一个壮健的青年,
新的世界呵,徐徐地在向他们开展。

》18 ①
我曾看见过朝云,
在现在呵,天已黄昏,
如我能从白地归来时,
爱呵!我可能重投入你的怀中?

爱,我的朝云呵!
你们都那里去了?
夕阳下晚风倦了,
你藏在那里呵,我的少小!

从天的初启的一角,
你伸出你的那一双白手,
我,一个未出土的小芽,
爱的你呵,轻轻地把它来掩护。

朝云掩抱着天边,
你的手掩抱在我的心上,
少小的清晨呵!

---

①原载《小说月报》第17卷第11期,排第10。

一切都活泼与新鲜。

从梦中走出时，
我仰望着蔚蓝的天，
走入你的怀中时，
我仰望着你的俊俏的慧眼。

天,我的,你的眼呵！
你们便长此闭休了吗？
乌云中尚且有闪电在迸流呵，
我们的乌云呵,便长此闭休了吗？

你的处女的胸怀呵！
春天的纯洁与夏天的温热呵！
但现在已是严冬了，
衰老者呵！瑟缩的战栗呵！

已逝的流水呵！
已逝的年华！
如我能从白地归来时，
爱呵,我可能重投入你的怀中吗？

流水呵溶溶，
我的鬓边呵,笑语风生，
当我坐在你的膝上时，
流水呵,在我的鬓边溶溶。

小舟呵轻倩。
那时呵我已看见过海洋,
汹涌的白波久已停息了,
舟子呵,你漂流到了何方?

又像是洪水泛滥,
你的接吻呵,泛滥着在我的唇边,
当我倚在你的胸前时,
洪水呵,在我的唇边泛滥。

洪水久已在停息了,
但我还没有走到白地,
便是我如从白地归来时,
爱呵!我能否再看见你?

我有时伏着窗沿,
玻璃中我望着你的倩影,
一个透明的影呵,
在薄冰上轻轻地移动。

你于是进来了,
我开始给你唱歌,
你为什么喜欢他们呵?
可惜我那时未曾问过!

我只知道尽情地唱呵，
因为只有那是我的所能，
可是你也未曾问过我那一个秘密，
我在唱着呵，为一个女神！

是一个女神，
或者是一个妖精？
是我在故事中听来的那个，
一个狐仙变成的美人。

我还有什么疑惑，
你是那样相像？
狐仙变不过她的尾巴，
一条长辫呵，常拖着在你的肩上。

那是一个神仙世界吧，
我那时曾经住过在里边，
我在被一个神仙爱了，
我自己如何能不是个神仙？

时光都已消逝了，
只剩着无弦在我的口唇，
时光虽已消逝了，
无弦上我收积着不逝的声音。

我能唱更美更美的歌，

天使们听了也休想赞和，
但是美人儿早已消逝了，
默默的歌者呵！他还唱给谁个？

天地便长此闭休了吗，
没有人也没有声音？
但如我能从白地归来时，
"亲爱的姐姐呀！"我能否再这样叫你一声？

你的身段细而长，
像柳枝垂在湖边，
微风在枝上瑟瑟地移动时，
轻捷的你呵，像一条白蛇溜过了草上。

但如在炎热的夏午时，
清凉的阴影便遮蔽着我，
飞鸢在空中画着它期待的圆，
你之外，可怜的小鸡呵，向那里藏躲？

我正是一只可怜的小鸡，
阴影变做了翅膀把我遮蔽，
但你为什么不让我招呼它们同来呵，
那些流浪的小鸡们，正都是我的弟弟？

所有的色泽都残褪了，
只剩有苍灰呵，暮景依徙，

但如我从白地归来时，
我可能二次变做个小儿？

是呵，我正是一只小鸡在你的怀中流浪，
阴影中响动处投下了一头飞鸢，
它吃尽了我的血，吃尽了我的肉，
被遗弃的骸骨，便永留在天边。

昏醉呵，我已曾昏醉过了，
昏醉在太早的太浓的酒里，
清醒呵，我也曾清醒过了，
清醒时，我自己正像是一只空杯。

从暮云深处，我望着我的家乡，
家乡中能否有朝云飞来，
如我能从白地再归来时，
亲爱的姐姐呵！我可能投入你处女的胸怀？

》 *19* [①]
我散步，
在桥边，
在傍晚的秋天。

向着远处，

---

①原载《小说月报》第17卷第11期，排第11。

我沉想,
向蝉声迷失在的那边。

金色的水波,
金色的夕阳,
金色的华装。
金色的蝉声颤动着,
响了入水中,
又响入天上。

在沉想的水面下,
你的名字,
你的容颜——

我沉想,
想入了水中,
又想入天上。

》20 [1]
我们躺着在草地上,
我摘了一支绿叶抬在你的胸前,
须臾呵变了,
我看见一条花蛇蟠在你的身上。

---

[1] 原载《小说月报》第17卷第11期,排第12。

墓冢凄清，
石碑上刻着你的芳名，
须臾呵变了，
我面前走出了一个美人。

白云深锁，
山头上失陷了你我，
须臾呵变了，
白云在你我的头上深锁。

人影遥遥，
我望着人影紧跑，
须臾呵变了，
背后传来了你的窃笑。

>> 21①
你从墓冢下出来，
你立在墓冢上，
你的衣装，
你的容颜，
苍白——
哦，死的苍白。

你从墓冢上走下，

① 原载《小说月报》第17卷第11期，排第13。

你立在我的面前,
你的呼吸,
你的语言,
苍白——
哦,死的苍白。

我问你生前的历史,
我问你死后的应验,
你的回想,
你的遗忘,
苍白——
哦,死的苍白。

我们匍匐在夜的怀中,
夜照临在我们的身上,
你的温存,
你的缱绻,
苍白——
哦,死的苍白。

你又走回了墓冢,
冢墓合抱在你的头上,
你的相思,
你的留恋,
苍白——
哦,死的苍白。

》22①

如其我是一条毒蛇,
我醉卧在草底,
我将盼人过来呢,
还是怕人过去?

如其我是黑夜时,
我也许渴望光明,
如其我是太阳时,
我将嫉妒那夜里的星星。

但是,让那星星呵,
留给夜间,
我是要去了,
再见呵,明天!

再见呵,明天,
再见呵,什么地方?
月儿西下,
月儿仍会东上。

但是,月儿东上,

---

① 原载上海《狂飙》周刊第 6 期（1926 年 11 月 14 日）。

月儿又西去,
我看得见她,
她却看不见你。

让飞来的流泉,
挂在飞来的峰巅,
我将骑火龙呵,
远渡重洋。

五月里,
莲花开放,
五月里,
我与你初次相见。

五月里,
莲花的生日,
你的生日呵,
是五月初七。

折下一枝,
我放在案头,
那一枝呢,
在何处?

如其你住岸北,
我住岸南,

我们虽不同住呵,
却可以遥遥相望。

如其你住岸东,
我住岸西,
在那桥的中央呵,
我们还可以相遇。

但是,一座桥呵,
它仍有两端,
你走向西时,
我却走到东边。

如其我游天边,
你游海上,
天没有尽头,
海是一个圆。

惟一的星呵,
我的星!
你罗曼的彗呵,
星的星!

彗星远离地球,
她厌恶那地球,

太阳向她求爱时，
她又嫌太阳保守。

我爱夜游，
我又爱远行，
黑的长途呵，
暂明的灯！

》23 ①
一个似曾相识的影子，
我在车中望见，
我不知道她是什么名字，
但我知道她所从来的那个地方，
因此我便爱她了，
爱她——能在这里遇见。

我爱那浅蓝色的布衫，
爱那暗黑色的头发与暗黑色的裙裳，
爱那灰白色的淡雅的面庞。
爱那放大的女孩皮鞋套在她的脚上，
这些都是过去的幻梦了，
却不道又能在这里遇见。

我搜索着她的行径，

---
① 原载上海《狂飙》周刊第6期。

我探问着她的灵魂,

她像是觉到了,

她递给我一个背影,

但当我放下了扰乱的心时,

她的眼呵,又向着我这里回讯。

我于是看出了她的伴侣,

一个中年男人与一个乡妇,

她是一个远方的归客,

归来,从她孤独的梦里,

一个伟大的寂寞的梦呵,

我正在等候着那里的消息。

我也有我的侣伴,

是一些伟大寂寞的篇章,

它摊着在我的身旁,

于是它从我面前走过去又走回来了,

她假装着冷静的模样,

一个光荣的名字却早在她的心里动转。

这是一个神话的聚会呵,

我们在这里相逢而且相识,

也不需要我再看她,她再看我,

我们已经相携着走进了一个去处,

知道我们的目的地达到时,

同行者呵再来分手。

同样的聚会我们已有过三次,
一次在站前,一次是在湖上,
便成了永别了吗?
第四次的聚会注定在何方?
桂花虽已消逝了,
菊花却犹自开放!

》21①
亲爱的!
你需要什么?
我没有一粒烛夜的明星,
明星她高悬在天空。

亲爱的!
你需要什么?
我没有一首催眠的儿歌,
儿歌你去要向你的婆婆。

亲爱的!
你需要什么?
我没有一块假的宝石,
我只有一个幻梦和一个逻辑。

---

① 原载上海《狂飙》周刊第6期。

亲爱的！
你需要什么？
我是一个贫穷的游人，
我请赠给你我的贫穷。

少女们心愿高奢，
老妇们也嗤笑着去也，
我只踟蹰在路旁默想，
却不道游人有一个世界。

≫ 25 ①
我曾爱过一个中年的寡妇，
我爱她像爱一个少女，
我们相遇在途中，
我们相爱在草里，
像一个新婚的少年，
我如痴似醉，
一天她在镜旁对我说，
她的银鬓上添了新丝，
我怀着华美的好梦，
默诵着她的言语。

"这个故事便完了吗？"
完了！它正像这歌儿突然中止，

---

①原载上海《狂飙》周刊第6期。

我们那时便成了永别,
在一个吵嚷后沉默的夜里,
因为她问我要一个丈夫,
我那里去制造这一个名义,
我便被弃地走掉了,
我几乎忘了我来时的原路。
你要问这个寡妇还生存着吗?
她原只生存在我的梦里。

》26·[1]
天已夜了,
我踟蹰在湖边,
水中并且看不见一个孤影,
云雾重裹,
月儿躲藏。

我从城中走来,
城中是一座荒坟,
我只追求着一个肉体,
从市场我走到公园,
到处空空。

我在途中盘算,
像一个迷路的旅客,

---
[1] 原载上海《狂飙》周刊第6期。

暮色苍茫，
苍茫中可有露水的夫妻，
要我投宿？

酒馆中坐着一个老妪，
旁边站着一个姑娘斟酒，
我心里叫一声妈妈，
我进去在一旁坐下，
我想看一看这一个女流。

是什么女流，
她才是一个惊弓的鸟儿，
猎人来了，
"四两白干！"
她却早已飞去。

我空剩着这白干四两，
老妪她紧着向我瞟眼，
如其我是她时呵，
或者她是姑娘，
唉，白干甚似水淡！

老妪从我身边走了，
我跟在她的后面寻找，
一隙小巷，
两湾湫水，

一座破庙。

我又走了出来,
我走向湖边,
湖边那些洗衣妇呢,
连影也不见——
美人儿呵,请你回转!

美人儿是一个紫衣的形骸,
她从理发店里出来,
你叫我一声爱人,
我便同你去来,
她才连一眼也不睬。

她的发辫隆肿,
她的脸儿是一个圆形,
她的装束是夜与血的交融,
她的……
我无从看清。

我爱的正是这个,
一个圆形和一个脸蛋,
她那里去了?
血已失踪,
我只剩着这一个黑夜。

天已夜了，
我踯躅在桥上，
没有一个梦也没有一个星星，
我和夜碰冲着，
雨点滴着在我的唇边。

>> 27 ①
梦醒时，
汽车过了，
把捉不住呵，
梦已飞掉。

意中人，
今天你又降临，
又降临呵，
你仍在梦中。

青春已去，
盛壮方待，
秋之夕呵，
心已冬来。

我欲飞，
飞上天空，

---

①原载上海《狂飙》周刊第7期（1926年11月21日）。

云锁重重，
锁住了我的游心。

游心飘荡，
离不开她的脚边，
活泼的小皮鞋呵，
也像你家姑娘。

秋江上，
我看见我的肖相，
不见爱人呵，
而今已像十年。

沉醉吧，
一杯杯的白干，
没有你时，
我喝不下咽。

归来呵，
远行的人，
也已终了，
明日的清晨。

》28 ①
我在天涯行走，

---

① 原载上海《狂飙》周刊第 7 期。

月儿向我点首,
我是白日的儿子,
月儿呵,请你住口。

我在天涯行走,
夜做了我的门徒,
月儿我交给他了,
我交给夜去消受。

夜是阴冷黑暗,
月儿逃出在白天,
只剩着今日的形骸,
失却了当年的风光。

我在天涯行走,
太阳是我的朋友,
月儿我交给他了,
带她向夜归去。

夜是阴冷黑暗,
他嫉妒那太阳,
太阳丢开他走了,
从此再未相见。

我在天涯行走,
月儿又向我点首,

我是白日的儿子,
月儿呵,请你住口。

》29 ①
我走遍了天涯,
遇不见一个可爱的女子,
自然而今销沉,
罗曼斯也飞逝。

我厌恶绮罗,
天姬呵她何有于我,
我只爱一个白胖的身躯,
她生长在茶寮酒肆。

白云挂起帘幕,
小山藏入深处,
藏得住她的面孔,
藏不住她的美丽。

小山斜倚在湖边,
那里有我的家乡,
我是一个游子,
家乡遗失在山里。

---

①原载上海《狂飙》周刊第9期（1926年12月5日）。

我遥望着白云,
我想念着那人,
无处去结新欢,
且来重温旧梦。

我想念的那人,
她是一个乡下的妇人,
她是我的妻子,
我却是她的情人。

我们曾三年相亲,
三年呵去何匆匆,
我是游云离山,
她在山中无闻。

她本生在水边,
水边时她是一个姑娘,
她后移入山里,
到山里她变成了婆娘。

我本生在山里,
但我却生性爱水,
我爱水边的姑娘,
不爱山中的妻子。

我们也曾同眠,

同眠时我在想着狐仙,
我不敢吻她的白发,
白发下并且埋伏着冰霜。

白日里我们便争吵,
因为一只猫儿或一碗茶水,
争吵罢又相对默然,
正像云山相对着湖水。

我于是下山走了,
留着她在山中孤老,
从漂泊我走到漂泊,
我漂泊过波江漂泊到荒岛。

荒岛中四望苍茫,
波涛还在我的血液中腾翻,
一个佳音告我,
云间飞出了一只小燕子。

我循着小燕的歌音走去,
我像是从梦里又走入梦里,
有一个少妇在倚门遥望,
我才知已回到山中旧地。

"我想你已想了三年,
我的白发上生了新光,

今天我初次心儿跳跃，
我知道爱我者今日回转。

"你的行踪我已尽知，
人们说你已沉在海里，
我相信着期望打断了谣言，
期望它终赐给我今日。"

我惊讶我是初次到水边，
从前的妻子已变做姑娘，
从今后她便是我的情女，
她待我也如情女的情郎。

她的心儿像湖波鼓荡，
我沉在那里忘却了人间，
她的颦眉和她的笑眼，
阴晴我只从那里估算。

一只鱼儿游戏在水中，
两个小儿在后面游泳，
她若是鱼儿我若是小儿，
小儿和鱼儿匹配成婚姻。

泪眼滢滢，
她把酒送行，
"你再也不回来了！"

我从此再没有听到她的声音。

我是一个天涯的游子,
我没有情人又失掉妻子,
我曾爱过水边,
而今我却回恋着山里。

游子把情歌唱了,
一曲情歌是一杯苦酒,
我也曾打听过酒中的消息,
他们说:"这一杯呵,祝你前程万里!"

30 [1]

小燕儿穿着红衫衫,
小燕儿呵新且鲜,
我虽是一只白头鸟,
白头鸟是鸟中王。

你父把我像朋友待,
我待他如小丘待泰山,
我手采茵陈酝碧酒,
碧酒我如见你的容颜。

自古诗人爱少女,
少女纯真与憨戏,

---

[1] 原载上海《狂飙》周刊第9期。

臭虫咬破了嫩肉皮,
夜中学作小儿啼。

我如走入梦世界,
听见你的哭声怜且爱,
我如坐对一美人,
美人是天使也是我的心。

你父曾坐一儒官,
我父也曾坐知县,
门当户对我把你娶,
我是姣婿你是好妻房。

十岁时你曾授《红楼梦》,
五岁时我熟读《木兰歌》,
我爱你是奇女子,
你爱我是宝哥哥。

时代变了人的心,
美人而今又爱英雄,
你是今日的佐治桑,
我是今日的拿破仑。

我欲改变时代的心,
我要用利他代私争,
你是今日的苏菲亚,
我是歌德与列宁。

丁香树影移姗姗，
太阳照进我的房，
我是树影在窗前侍，
太阳同地球谈家常。

我听见你两次低声问，
那位可是高先生，
衰老的地球未听真，
但丁决定了我的运命。

美人儿从此归他人，
一刹那的遗误百世的心，
《神曲》我无心来续写，
打叠起闲情我送行人。

第一次我走到火车站，
我手采石子置案上，
一粒石子是一颗星，
明星织成了锦绣天。

薄山镇纸我送老父，
雪莱诗集我送姑娘，
留下伤情我自己来忍受，
默祝你父女幸且康。

绿衣女良挂案头，
画中的人儿梦里的愁，
梦中我插翅飞上天，
再不见织女与牛郎。

二次我走到火车站，
送你父女归家乡，
无家无爱一游子，
从今永别地与天。

》31①

我与其藏在道士的袖中，
我宁可被藏在你的腋下，
爱呵，请赐给我以你的温美的情怀，
使我忘记了白日与黑夜。

失宿的旅客无处投奔，
店家都不留徒行的人，
但我携带着真理与美情，
爱呵，你可能赠给我惠顾三分。

荒凉的草野与荒凉的风，
荒风中可有春意蠢动？
将死而不自知的小草呵，
它犹自说我是个畸人。

---

①原载上海《狂飙》周刊第9期。

天上只存着一朵,
一朵云是一个天的瑞征,
地下只存着一起途程,
一起途程呵,我何时才能走尽?

真理不能医治我的饥饿,
美的空杯呵,我何从醉酕,
倦了时我倒在路旁睡了,
空气似水地它将我抚摩。

在梦中我无翅飞到天上,
我像曾从天上飞到人间,
一朵白云呵将我来拥抱,
抱白云我二次飞到人间。

梦醒时空剩着一片荒凉,
白云也已在梦中消散,
梦醒时空剩着一身孤单,
一身孤单呵,还要我自己去当担。

不爱天上,我只爱人间,
人间有我的回忆与希望,
爱烦劳,我不爱清闲,
叫呵,荒凉中我正可叫彻天边。

地球它也是不停地动转,
太阳也不吝惜光的施散,
苏醒者都将苏醒在今天,
更无须追溯未来与古往。

》32 ①
唉,小姑娘!
你长着奇异的翅膀。
飞呵,你飞到天边!

唉,小姑娘!
你从荆棘中走来,
荆棘压在你的背上。

唉,一个人形的甲虫,
在风中旋滚,
唉,你也是人!

唉,一个天使,
你变做了女工,
你来救我们众生!

我刚从士人的群里,
逃出在乡间,
救我呵,唉,我的姑娘

---

①原载上海《狂飙》周刊第9期。

》SS [1]

桂花儿开,
桂花儿罢,
桂花儿开罢了,
我才转回家。

我家在何处,
天尽头,
地尽头,
我家无尽头。

我是一游蜂,
爱采花的心,
百花都采遍,
只有桂花无处寻。

飞上山之顶,
低首问白云——
门前有丹桂,
五岁曾攀登。

贪爱世界苦,
忘却自己家,
十九离家走,

---

[1] 原载上海《狂飙》周刊第9期。

十载未还家。

中夜访白雾,
夜行何多露,
盈盈一小湖,
告我来时路。

小湖变女魔,
隔帐偷瞧我,
让我坐你膝,
为我唱离歌。

女魔变了脸,
蛇跃没草间,
雷峰塔倒掉,
大地成空烟。

细雨落轻尘,
中夜我徒行,
出门作游子,
入门作家人。

入门作家人,
妻子属他人,
桂花儿开罢了,
懊恼一游蜂。

》34 [①]
你本是一朵鲜花,
你才未逢春与夏,
唉,秋风萧瑟,
摧残了你的枝叶。

你本是一朵鲜花,
嫩蕊未开早罢,
唉,秋风萧瑟,
一朵鲜花呵变了落花。

你本是一朵鲜花,
我曾见细枝抽嫩芽,
唉,秋风萧瑟,
没得救护呵我个春与夏。

你本是一朵鲜花,
来年还有春与夏,
唉,秋风萧瑟,
来年呵,我候你在春风下。

》35 [②]
正月里,
梅花儿开,

[①]原载上海《狂飙》周刊第10期(1926年12月12日)。
[②]原载上海《狂飙》周刊第10期。

春风吹送幽香来,
你在湖边淘白米,
我在船上散孤杯。

船影移移接湖边,
我是春阳落岸上,
照得你幌了眼,
抬头看见我,
喜笑触胸膛。

去年冬天曾相见,
冰心不把我来看,
时过日已晚,
而今我是漂泊者,
你做你的酒家娘。

>> 36 [①]
一缕游丝,
在风中飘荡,
雪似的白发,
披在她的脸上。

地车不停地运转
风琴不断地鸣弹,

[①]原载上海《狂飙》周刊第10期。

我常看见她走来走去,
晚霞中或在朝阳初上。

一个老年的妇人,
一个疯狂的妇人,
她有处女的清洁,
她有上帝的镇静。

她在万目中走过,
不把一人来瞧盼,
她有她永恒的职业,
终日里游荡,游荡。

她有丰富的家产,
她有媳妇与儿郎,
人们都说她病了,
看富贵如云烟。

湖色的绸袄染上了灰黄,
灰黄的发髻像云中的月亮,
嘴里吸着纸烟一卷,
骄傲地她端坐在洋车上。

我想起我老病的母亲,
我想起我夭殇的女儿,
我想起我的姐姐与妹妹,

我想起古往今来的女人。

我每次看见了女人，
我便忘不了那人，
她是我们幸中的幸者，
她又是我们不幸中的不幸。

>> 37[1]
我爱的那个女人，
她现在还未降生，
她是我的爱人，
她也是未来的母亲。

她在蠕动，
她像一个未成形的幼虫，
一只金色的飞蛾呵，
她现在已在蠕动。

她是我的爱人，
她也是你们的爱人，
我爱的那个女人，
她只存在在我心。

---

[1]原载上海《狂飙》周刊第10期。

她是一个宇宙，
她是一个精灵，
唉，都不是的，
她呵，我也不知其名。

但是，我知道有她在着，
而且她是我的生命，
我吸吮着她的香乳，
香乳呵，它使我长生。

我坐在她的白玉的膝上，
我变做一只小鸟为她歌唱，
唉，是她为我歌唱，
是歌唱它自己在歌唱。

我为她画了一幅图像，
她为我写了一行颂赞，
唉，画赞有何用处，
她自己呵便是自画自赞。

我爱的那个女人，
她是你们的母亲，
她也是我的母亲，
她将使我们呵复原为人。

我们已经有过一个原始，

但它才为历史所吞噬，
因此我们便须再生了，
我们将二次再去做小儿。

我们已经有过一个母亲，
但她呵已归坟茔，
我们是一些孤儿了，
我们需要再有一个母亲。

我把她创造成了，
这是否是一个罪过，
她蠕动在我的心中，
明日呵她将是一只飞蛾。

飞蛾在飞了，
天空变成了黄金，
摇状（床）代替了坟茔，
爱人也便是母亲。

我团坐在天心默想，
狮子在我的脚下飞旋，
小儿在扳着地轴，
地球变做了一个摇床。

我们原本是一家，
从天上直到地下，

自从那时分散后，
海洋便分出了浪花。

海洋上已有了火轮，
凤凰是一颗红心，
天胸上佩戴着宝星，
地皮上分划出煤层。

我们是她的爱人，
我们是我们的爱人，
嫉妒已被绅士们偷去，
我们只剩着我们的宽容。

我爱的那个女人，
她现在还未降生，
但我已不再爱她了，
我把她分赠给友朋。

我爱的那人女人，
她便是我自己，
她已存在在我的心中，
她将降生在我的诗里。

》38 [1]
一支雕翎羽箭，

---
[1] 原载上海《狂飙》周刊第10期。

射中了一只小雕,
唉,爱呵！你的惨楚,
我的懊恼！

从你的心里出来,
又向你的心里归去,
唉,爱呵！你的苦闷！
我的失意！

我是一个薄倖人,
为了你我愿矢志终身,
唉,爱呵！你的诅咒,
我的冤情！

那是一个臭皮囊,
请你舍弃了吧,
唉,爱呵！我是一个诗人,
我说的是真心话！

》39①
绿云间,
飞着一双孤燕,
羽衣翩跹,
你是一只呵,

---

①原载上海《狂飙》周刊第12期(1926年12月26日)。

唉,燕子呵,
你是一双?

我也是一只孤燕,
堕落在泥潭,
下不见地呵,
唉,泥潭呵,
我上不见天!

绿云间,
飞着一双孤燕,
羽衣斑烂,
你是一个龙女呵,
唉,燕子呵,
你是一个天仙?

我也是神之子,
游戏在人间,
昼不见爱者呵,
唉,人间呵,
我夜不见仙眷!

绿云间,
飞着一双孤燕,
羽衣彷徨,
你是要飞来呵,

唉,燕子呵,
你是要飞往?

我也是一个旅客,
栖迟在时间,
前不见未来呵,
唉,时间呵,
我后不见已往!

绿云间,
飞着一双孤燕,
羽衣悠扬,
你是在不动呵,
唉,燕子呵,
你是在动转?

我也使一个不动的动转,
永存在空间,
它也在不动呵,
唉,空间呵,
它也在动转!

》*10* [①]
我爱你,

---

① 原载上海《狂飙》周刊第12期。

在我们初见的时候,
唉,可惜他呵,他呵,
他才是我的朋友!

我爱你,
是艺术的化身,
唉,我呵,我呵,
我正是艺术的情人!

我所爱的你呵,
你在玩着贝壳,
我没有偷一只回来呵,
唉,手的乳白!

我说我是南方人,
最高的批评呵你的唇音,
也有人说我是酋长的子孙,
唉,也罢呵,重瞳孤愤,帝子泣绿云。

唉,好一张倩艳的小影,
美人儿呵素手亲赠,
自然写就了自然美景,
挂着在,挂着在,唉,我的心中!

你的发儿呵,发儿呵,
惹来了一双蜜蜂,

唉,是波纹,还是湘云,
唉,我的诗儿呵像蜂声嗡嗡!

我几次想向他哀求,
唉,你归还了我吧,
她是我的,唉,我也是她的,
你呵,为甚做情场的恶霸!

唉唉,我是个短命鬼,
唉唉,我是个负心人,
为了一点点友谊,
唉唉,我牺牲了爱情。

蝶儿飞,蝶儿飞,
跳着小白脚儿的那是谁?
双影入梦中,
醒来双泪垂。

附录

给——①

我所爱的是你的那颗活泼的心儿——
让我睡在你的心儿上,

---

①原载北京《狂飙》周刊第2期(1924年11月16日)。

用放肆的喧嚷,
朗诵着革命的诗歌,
我便会得到了更高的生命,
当你的心儿跃跃欲动的时候。

我所爱的是你的那双深邃的眼儿——
让我躲在你的眼儿里,
用庄严的沉默,
静听着神秘的音乐,
我便会成功了伟大的发见,
〔当〕你的眼儿盈盈欲语的时候。

给——①

爱呵！请给我以你的心,
给我以你的无蔷薇之红而有其刺的心!
我的心被太多的血充满了,苦闷了,
我在渴望着刺的创痛。

我的血在需要着喷了出来,
它可以喷死了无数的人,
但是因为太多了的缘故,
它反而不能自动。

---

① 原载《莽原》周刊第 28 期
（1925 年 10 月 30 日）。

爱呵！请给我以你的心！
如其你有刺的时候,请你只给我以你的有刺的心！
因为世界上没有比你的刺更多且锐的了,
而我的有同样的红的心呵,却也只渴望着刺的创痛。

给——

一

你的爱的火花的一爆,
便是天上的明星一粒,
但当那明星布满之时,
我的眼睛它自己黑了。

二

我偷眼望着你时,
游云正望着青天。
我漫步想着你时,
一弯新月呵,映入深潭。

给——①

一

明日个,
我是你的意中人；

---

① 原载《长虹周刊》第10期（1928年12月15日）。

今日个，
你与魔鬼通音信。

若说有情时，
情是一块冰，
若说无情时，
为甚又来怨与憎？

一生能有几多天，
灵魂须得好收藏！
今年不相识！
相识待来年！

二

你为什么胆小，
也像月亮胆小，
我在窗内独宿，
你在窗外偷瞧？

你是这样年少，
有如春风年少，
吹入梅花心中，
梅如处女含笑！

玉是石中精灵，
我是玉上花纹，

骄矜藏在地底，
与你地底相逢！

　　　　　　　以上旧作。

　　　　三

我坐在那个小楼上，
她傍街我傍窗，
我只望见人来往！

朋友！我当真是爱了你？
我总不敢到影戏场。
我怕见那个有情的贫家女！

朋友！你为什么也拖延：
你也装酒醉，
还在假疯狂？

　　　　四

当我问你时：
你愿意做我的朋友吗？
你为什么不高声说：
我愿意？

因为高声是议论，
而低声是表情？

　　　　　　　以上新作。

给——①

我坐在树荫里,
展开一幅地图,
哈尔滨在我的面前,
也在的,我的那个人儿。

我摇着一只小舟,
徐徐行过水面,
那里也有小湖,
你可也在湖上?

我有完全的自由,
可以随时想你,
树声携带着鸟声,
随风转到东西。

我怪风儿清凉,
问她来自何方?
为甚长白山云,
不来西子湖边?

云影儿飘摇,

---

① 原载《长虹周刊》第 11 期
(1928年12月22日),无署名。

爱人的望眼倦了，
你今退息何处，
我到何处寻找？

玉楼新起，
我到何处迎你？
别待时光过了，
对面又如隔世！

　　　　　　一二，五

给——①

我的女友说：
天下没有真情！
我问她：
那白塔是假的吗？
天是假的吗？
绿波和云影，
它们都是假的吗？

只有一个时候，
我默认她的话是真的，
那就是当我等不见她的时候。

　　　　　九，八，在龙亭

① 原载《长虹周刊》第 22 期（1929年8月24日）。

当你问我时，
我真的爱你吗？
我如其沉溺在爱情里，
我将答你以不说话！

那末，你将说：
爱情是哑巴，
是一个瞌睡虫儿呢！

唉，朋友，你要小心些！
你别惊醒了它，
它的声音将会淹没了全世界！

爱情像是一个雨天时，
你就像那个雨天的太阳，
可是到那爱情晴了时，
你又在偷着流眼泪。

一切美丽的语言都是我的了，
我更给它们以美丽的组织，
我用了来赞美你的美丽。
你将说：朋友！
你为什么一个人说话呢？
那末，我便可藏起了我的爱情，
兄应酬你几句献媚的话吗？

你愿意听我的情语,
也像那一般的情话吗?
不呢,我的这些情语,
是我一个人创造的,
你初听时也许会生涩些。

是的,它们是革命的宣言,
现在翻译成情语了呢!
当我不愿意骂一个人时,
我便献你以情语了。

当我没有一点工作可做的时候,
我便用了情语来精练我的生命。

因为我有时感到世界的声音太单调,
世界又太缺乏美丽时,
我用了情语介绍你给世界。

一一,八,在中海

徘徊

» 徘徊[①]

在荒芜的原中，
上帝特为我建设了一座天国。
那是生人所永不能达到的地方，
那里只住着腐烂的尸身与干枯的白骨。

那里有不同凡响的音乐，
至夜半而交鸣。
那里有凄清绝俗的鬼歌，
应西风而长吟。

那里有慈悲的苍蝇，
在颂祝死后的安乐。
那里有义勇的蛆虫，
在搬运生前的秽积。

那里有绿磷取暖，

[①] 原载北京《狂飙》周刊第1期（1924年11月9日）。

那里有明星献媚。
当月娥乘银车而夜游时，
那里的茅屋便都变做琼楼玉宇。

从那里发出个美丽的天使，
向着我的梦中而来前。
他劝我速归于实有的沉默，
勿复踌躇于幻灭的迷恋。

久失奉养的祖父祖母，
在依间而流涕。
一去不返的故友，
亦烦彼而寄语。

膝下的依依，
客中的欢谈，
为时间的利齿所啖尽的一切，
又历历如在目前。

我所接受的青春何在？
我所发下的宏愿徒然！
二十七年的辛勤的驰逐，
我只赢得了病痛，愤懑！

我将掬着双手的落花，
献上二老的慈祥之膝。

这些无存之香与永去之色呵,
便是你孩儿的生命的成绩!

我更将强抑着窒气的叹息,
求宥于我的大度的故友。
我所移的是荆棘的人山,
请看我的受伤的空手!

卑屈的眼中失去骄傲的彩光,
丰润的额上刻下衰颓的横线,
刚健的,远征的步伐,
乃裹足而不前。

我欲以沸腾的血液,
去浇植人类幸福的花园,
为同情而流剩的眼泪,
却(绕)洒向我破灭的理想。

读厌了的陈套的历史,
何为向未来而续作?
只枉了蛆虫的腕力,
与苍蝇的喉舌!

妖媚的鬼眼
在送盼而流波,
袅娜的松枝

在舞蹈而迎我。

慈老的凝望,
故友的重逢,
香客的敦劝,
一齐都乱箭般穿入我心。

我燃着愤怒的余火,
向人类而致最后留赠:
停息了你的仇视呵,我的敌人!
消灭了你的伪笑呵,我的友朋!

我的征车尚未起行,
我的背后又送来惨痛的哭声,
声中流泻着无助的惜别,
声中隐藏着失望的怨恨。

唉,何所取舍呵,我的寸心!
寸心中分开两条相背的路径:
一条指向着义务的生的苦斗,
一条要引我入独乐的死的安寝。

风～～心[1]

树在动，
风在鸣。
在地上？
在我心？

疑将死，
心哀吟。
风为我，
发丧钟。

心战栗，
如树叶。
嗟我心！
何处落？

为我心，
卜香冢。
随落叶，
葬风中。

我欲爱——
爱何人？
我欲杀——

---

[1] 原载北京《狂飙》周刊第1期
（1924年11月9日）。

杀我身!

身可杀,
心难默。
愿如风,
长号泣。

》 茶馆的内外①

言语的喧动,
锣的喧动,
飞叉的喧动,
唾沫的喧动,
头的喧动,
我昏晕倒了,
在一切喧动的上面。

手巾包裹在我的脸上,
我的生命失掉了,
只有未尽的汗汁存着。

画像上的老人
瞪视着裸着胳膊向我微语的丑女。

飞了飞了,

---

①原载1925年5月10日《京报副刊》第144号。

一切,
脚踏车骑在学生的手上,
驱赶着学生替他走路。

两匹马跑进我的心的领土,
我的诗被踏碎了,
只剩下诅咒的声音。

偷喝了我的茶的强盗笑了。
"我们是朋友!"

» 一个煽动者的口供[①]

叫号呵——
人的声——
生命的声——
宇宙的声——

海的汹涌——
伟大的脚的跳动——
地球自身的转运——
被箍的汽车在羞耻中逃走……
警察立正的声音……

[①] 原载《莽原》周刊第4期
(1925年5月15日),题为
《永久》。

血!
无尽地流着。
躯体倒了,
而血矗立地流着。

我欢跃地吮着血,
拥抱着不倒的尸骸。

在警察的监视中,
校门上的旗帜飘荡着,
骄傲地,安详地,
在太阳的照耀中。

倒了,
倒了,
快从倒了的上面踏过去!

别回顾,
讥笑者来了!

嗒!
嗒!嗒!
……

猛进!
猛进!

猛进!

无穷!
无穷!
无穷!

在一切的后面,
耸立着崇高的,壮美的塔。

SANWEN

散文

精神的宣言[1]

我疲倦了。我不能复忍此过度之奔驰。

我是一只骆驼,我的快乐只有负重。我的希望,只有更大之负重。

我不愿走坦道,因为这样的一日将要来了:在这坦道上,将要为尸首所充塞了。

在我则,最安全的路只有崎岖的山路。我将披坚执锐,而登彼最高之山巅。

朋友!你们将要笑我狂吗?庸人于其所不知,则谓之狂,你们真是庸人呵!我最大的希求,便是远离你们而达于狂人之胜境。无伟大之灵魂者,必为狂人之国所摒弃。我将使你们于被摒弃之羞辱中而得卑下的自欺的自慰。

然而我的重负说了。

"你躁急的怪物呵!你将负我等至于何地?你走得何其迅速,你将坠我等于山麓吗?"

"你骄傲的畜生呵!我们将为你所破碎,你的背乃如是之隆肿,你何逆吾等之意而生此畸形?"

我隐忍而不言,我知道,我的责任,只在负重。

然而我疲倦了。我眼花而神昏,我已无复精力,我已不能担负我

---

[1] 原载北京《狂飙》周刊第8期（1924年12月28日）。

的工作。

而我的重负笑了。这是何等残酷的声音！我的将死的喘息乃只供彼等取乐之资吗？

我将不复行，我将留置彼等于悬崖之上，而求自我之满足。

我将变而为少年，而卧彼美女之怀。

世间所有的东西，没有比我的欲望更大的了。我爱一切，我要把我自己发展至无限，我要把我做成功一个宇宙。

然而，在现在，我已成为一个自好之君子，我已舍弃我之一切欲望，而只愿做一被爱之少年。

世间有可以被我爱的女子吗？谁将以被宠之手来接受我的礼物？

我怀疑着，我搜寻着。

谁愿意占有我呢？妩媚的女将呵！谁愿意携我去做俘虏呢？我冒险地嚷着。

彼处有美女向余招手。

彼来世已久，彼曾以享乐为惟一之目的。

然彼之享乐，彼已觉悟，彼知所得到者，皆非真乐，彼之寻求，只得空虚。于是而彼所得到者，惟有悲哀。

彼亦尝一睹理想之彩光而起惊异之心。然彼为境遇所驱，理想已一瞥而逝矣。

然理想在彼魂中，已根深而蒂固矣。如一有所触，则彼必将彼之宝物献上理想之宝座。彼已知彼之宝物，必于理想中乃能有所赠与，乃能得慎重而收受之，而以全生享有之者。

彼已识我，彼已于梦中与我成莫逆矣。彼已将彼之宝物献给我矣。

彼何物耶？彼乃宇宙间最精美之一物，彼乃创造者最得意之作品，我如是确信。

汝等乃敢讥笑我吗？然我知，有讥笑之权利者惟我而已。汝等且将受我之讥笑，我将讥笑汝等之无所见也。

汝等亦知有爱，然汝等所爱者，皆我之所憎。汝等亦非无眼，然我之所见者，在汝等则为无物。然真物则在汝等所视为无物之中。

我将牺牲一切，而投赴彼美女之脚下。能享受我者，惟彼一人。亦惟我乃能满足彼享乐之要求。

然彼之声音，抑何其凄楚？彼其病彼享乐之失败耶？然彼将得胜矣。

我之一切，已不足梗我之心。我闻彼哭而我乃涕泪滂沱。我将以彼之苦为我之苦。

彼之心已跳动矣，因无安息之所故也。彼之心已哀鸣，彼已招[1]我而与彼共鸣。我孤鸣已久，我不与彼共鸣而谁共耶？

吾今厌恶一切，因吾已疲倦矣。吾将摒弃所有而求吾自我之恢复。

吾将再来。吾再来时，将有更充实之生命，吾将有更大之力以负吾之重。然吾此时则疲倦矣。我将退而从事于自我之享乐。

汝等犹欲羁绊我耶？然不久，汝等则知我乃不可羁绊者。

我已无说话之余裕，我之自身及我

---

[1] 招，《狂飙》周刊作"报"。

外之一切已不与我以述说之安详。我将归于沉[①]默,我将以沉默而执行我之实行。生命最高之表现,惟实行耳。

　　我将逃……

[①] 在作者笔下,"沉"均写作"沈",今改。以下不再注明。

幻想与做梦

一　从地狱到天堂[①]

我惶惑地飞行着,在自由的天堂中。

可怕的冲突在这里发生了。所有日常在我周围貌似亲近的人们,这时都变成强硬的仇敌,鼓起苍蝇一般讨厌的勇气,一齐向我发出猛烈的攻击,在长久的孤独的奋斗之后,我终于失败了。我只有逃走,向没有人迹的地方逃走。

出乎我的意料以外,我驾起一双赤条条的胳膊,便像一只燕子似的,轻飘飘地飞了起去。横过了屋顶,墙壁,最高的树木。我斜斜地,冉冉地,毫无计划地向前飞去。浓密的,强韧的空气在下面推涌(拥)着我,如海上的波涛推涌(拥)着它胸脯上的小船。

衔着毒针的怒骂,放着冷箭的嘲笑,迸着暴雷的惊喊,在我后面沸腾着,渐远渐低——低到我所不能听闻的地方。

我省却防御猎人的枪弹的射击,顽童的石子的抛掷等不需要的机警,我安心地,自由地游泳着,在黑色的夜的天海中。

明媚的,灼灼的眼睛,不可计数的星儿,在我上面闪耀着,指示给我前进的道路。

最后,目的地达到了——也许可以这样说,其实,我是并没有什么

[①] 第1、2节原载北京《狂飙》周刊第1期(1924年11月9日)。

目的地的。一片广漠的荒野，没有一只鸟儿，而且没有一苗小草，巉岩壁立的悬崖，横在我的面前。

我便在那悬崖的巅上停止了我的飞行。乘着疲倦的朦胧，倒在一块略为平滑的岩石上睡了，甜美地睡着——一直到我醒来的时候。

二　两种武器

一天，我正同我的一个朋友喝酒——当然，我那时是很烦恼的——我突然向我的朋友问道：

"我要用十年的努力，研究科学，发明一种无敌的大炮，十年之后，我的发明成功回国的时候，你要给我什么贺礼呢？"

"请你喝酒！"我的朋友略不思索地笑着回答。

我也用一笑表示了我对于我的朋友这个礼物的谢意，我终于又说了。

"那时，酒已经不是我所需要的了！而且这是一个非常的成功，所以你也要准备一个非常的贺礼；这成功是用了十年不断的努力，所以你的贺礼，也得用十年的准备。"

他说，他将来要给我放炮，及至他知道他的这个礼物还不能令我满足的时候，他于是勇敢地、坚决地说：

"我给你预备十个炮手，一定有把握。"

"好极！"我喜欢得叫了起来。"但是，假如你要预备不好时，即使你已经预备下九个，我也一定要叫你所预备下的炮手把你打死！"

"你如发明不出，我也要拿手枪打你！"我的朋友像报复似的，也对我提出相当的警告。

这正是给了我一个泄露秘密的机会，我再也不能沉默着了，我于是对我的朋友发出了这样的宣言：

"好！我本来便决定十年之内要造两种武器：理想的大炮和一支手枪，如大炮造不成时，我便用手枪毁灭了我这个没有能力的废物。既然我到那自我破灭的时候，你肯帮助我，你肯给我代劳，当我向死走最后的一步时，我能够得到这样的友谊的享乐，那时，我要多么虔诚地把我自造的工具献给你呵！"

三　亲爱的[①]

亲爱的！当你看见我在花园中站着，正在出神地玩赏那新开的娇艳的玫瑰的时候，你可曾发生过一些嫉妒的感情吗？亲爱的！我告诉你：花儿那时还正在嫉妒你呢！因为她知道，我所以那样爱她，是因为她像你的缘故。

亲爱的！你永远不会忘记了那一次我们曾经居住过一刹那的那个理想的世界吧？那时，我正在一株丁香树下站着，一只手抓着树枝，向着天心里捧出的那一颗流光欲滴的月儿痴望，她是怎样美丽呵？她的颜色，像蛋黄那样的黄，又像萍草那样的绿，却又像水银那样的白。她斜倚着她那亭亭的倩影，好像对于我在有什么表示似的，她是在给我唱歌吗？的确，我在那被柔媚的花香所氤氲的包围中，的确，我听见了一种不能用耳朵却能用灵魂听到的袅袅的音乐在流动着了。那时，我忘记了一切：幸福要降临我了！我预觉那月儿中要有一个美丽的女子向着我的怀中奔下来了。于是，我还没有赶得及辨清楚那是树影摇动的时候，我已看见你伏在我的怀中。我们一句话都没有说，但是，一切宇宙间所能够有的甜蜜的话，都在我们俩的心儿里来往地迸流着。

亲爱的！让宇宙毁灭了吧，我

[①] 第3—6节原载北京《狂飙》周刊第2期（1924年11月16日）。

们所需要的只有这不灭的爱情！让地球上所有的空间都被强者去占据了吧，我们的领土只有这超于空间的神秘世界。

亲爱的，军阀爱他的权力，资本家爱他的金钱，鹿爱他致命的角，孔雀爱她招卖自由的尾巴，但是，一无所有的我呵——我只爱你的美丽。

亲爱的！让我们作长途的旅行吧！让我们尽此生命之永久以旅行去吧！亲爱的！你去旅行，在我的灵魂中；我，在你的灵魂中。

亲爱的！当你从梦中发现了美和快乐的时候，你曾经怨恨过梦是太短了吗？亲爱的！你要那样做时，你是被怎样危险的思想所侵入了呵！人生为什么只有丑和痛苦？那就是因为它是太长了的缘故。假如梦要延长至人生那样长时，她不是也像人生一样，也要变成丑和痛苦的了吗？亲爱的！让我们做梦去吧！让我们在那无休止的丑和痛苦中，偷空儿找那一刹那的美和快乐去吧！

亲爱的！我们在这些尸首里边已经是复活了，从我的灵魂同你的灵魂第一次接触的时候。我们将要永生了，在我们的两个灵魂的坚固的拥抱里。

亲爱的！让我们诵着恋爱的福音，去超度被恶魔捉去了的人类！

四　我是很幸福的

我是很幸福的，因为我已经在一个女子的心里搅起一些波浪来了。

她的心的确是在很熬烫地懊恼着，她在想着关于我的过去的错误的认识。一个男子，能引起女子对于他的注意，是一生中不可多得的奇迹，尤其在孤独的傲慢的我。

当她念完我那首诗的时候，她一句话也没有说，她的手磕在桌子上,支撑着她的头,好像怕倾倚下来似的。我从她那发红的双颊,从她那盈盈欲语的眼睛,而知道她的心在想着什么了。

她的感受性大得可惊,她每逢念到诗中精彩的地方,她一定要用一个很短的停顿表示她所起的强烈的共鸣。

忽然,她跑回她自己的屋子里去,始终没有说一句话。

她曾经因相信而受了人的欺骗,她于是相信了那种欺骗了。现在她又觉悟,她的新的相信,又引着她受了另一方面的欺骗。

我爱她吗?我没有想到过这个问题。但是,笼统地说:我是爱她,因为她是一个女子;我又不爱她,因为她是人类中的一个。但这有什么关系呢?我是很幸福的,因为我已经有一次享有了她的灵魂了,虽然是很短促的。

五　美人和英雄

人生原来如此!我已经到了给人当差的地步。

主人是一个面目可憎的人,就是他的比我高的地位,都不能够减少了我对于他的藐视,而他却有那样漂亮的女子伴着他喝酒。人生原来——这使我的感情几乎有些嫉妒了。

她的脸像海棠似的,红白都恰到好处,皮肤如卵白一般的细腻,身材匀齐,然而头发却很散乱,这怕是她的运命的象征吧?被石头压在下面的花,当然是要萎谢的,我于此并无所怀疑。

我和另一个差人在一边相离不远地站着,在人类中,我敢于正眼相视,呼之为同伴的,怕只有此人罢了!

但是我对于我的运命之悲悼,远不如悲悼她的之多,当我每一次看见她给他斟酒的时候,我觉着她那嫩白的手永远不能洗掉地被污辱了。

"美是为给丑做牺牲而创造的,创造是为着毁灭。"我正在这样想着的时候,我的眼前忽然发现了一件不可思议的悲剧,她像倒塌了的椅子似的掉在地下,变成一条蚰蜒,挣扎着临死的生命,很快地摆动了几下,便不见了,只剩下一摊水的痕迹。

"谋害!谋害!"我像很有经验似的叫了起来,我的同伴立刻上去按住了那个凶手,我也顾不得我手中的绳索是什么时候预备下的,我的同伴的捕获品早已被我绑起来了。

我们还没有出去的时候,在我无意识的回盼之下,我看见绳索已经开了,被绑的人已经站了起来,及我们走出门外把门挂上的时候,那个脱险的俘虏忽然拿着一把刀从窗户里飞了出来,他的面目越发变得可憎。

我们连忙布置好了战线——我的同伴占据了东房的檐下,拿着一支长枪;我占据了西房的,却什么兵器都没有找见。

立刻,他们两人便动起手来,我这时才认识了我的同伴却是我小时同学中的一个英雄。"这真是超于一切神话中所有的好看的战争呵……数年的离别,他倒越发英武了——"我一面这样无头绪地赞叹着时,我,空手的援军的作战计划却已经拟定了。

我极秘密地出了大门,从房后面攀上了房顶,我掀起一片瓦来要向我的敌人掷去。

"这不怕打在我同学的头上吗?"我忽然迟疑了一下,我的梦也像反抗传统文学上的定律似的,就这样无结束地结束了。

<h2 style="text-align:center">六　得到她的消息之后</h2>

我所最怕得到的消息,终于得到了。我为了她的幸福,不愿她如此,而她终于如此了。我最懊恼的,是我愿意叫她知道这个,而我又不能够告诉她知道。

当我第一次见她的时候,我便对我自己说,叶林娜被我发见了。然而我并没有自己去做殷沙罗夫的野心。但我却非常希望有个殷沙罗夫被她发现。

她于是发现了，但不是殷沙罗夫，却是苏宾。中国的叶林娜便只有这样的运命吗？是的，中国人是被好运所摒弃的。

每到无可如何的时候的我，常有从梦中得到满意的解决的把握，但现在，连梦都不能够帮助我了。他所给与我的，并没有超于无可如何者。

在幻渺的世界，她被做了妓女。她的同我隔壁住着的乡亲同朋友都在喧笑着，他们都抱歉不能给她捧场去，我几乎哽咽了，与其说是由于对她的怜悯，倒不如说是由于对他们的愤慨较为恰合。但我又觉着只有这样的态度还能令我比较的满意，因为只有这样，才是他们真的态度。

恍惚之间，她又像变成一个囚犯，她穿着戏台上女犯们所穿的红的衣服，自然经过很多的曲折才如此的，我从屋出来时，我望见她立在我家的厨房的地下在吃饭了。我觉着我的责任是尽了，同时我却又感到一种战栗。

梦也不能够帮助我，我只得承认她是一个囚犯了。

七　母鸡的壮史[①]

人类的历史，于我已经没有再读的兴趣了。这也许是我近来想开始研究动物学的一个原因。但是，死板板的记载，只换一个题目，也不必便能够别开生面。无已，则为欺骗自己起见，只有求之于幻想耳。

我现在所读的，便是鸡的历史。

据说，从前在山野中自由飞行着的鸡们，被残酷的人类征服之后

[①] 本节原载北京《狂飙》周刊第3期（1924年11月23日）。

永远做了奴隶的故事,现在他们的子孙也还恍惚地记着。不过公鸡因为他们所受的比较的优待,他们有较好的食物,他们有很多的老婆可以供他们自由进御,所以过去痛史,是不为他们所注意的。但是那些受着苛待的母鸡,在异族的暴主和同类中的贵族双层压迫之下的她们,目前的境遇却时常引起她们对于祖先的受辱的记忆,所以在鸡的革命运动,时常是由他们中的女性所发起的。

从某日起,一个母鸡曾叫喊着鼓动过她们的同志,但结果被她们的所有者杀了。然而前仆后继,至今不衰。

我很羡慕这些英雄的女将,因为在被同样命运所支配的我们人类之社会中,这是很难于发见的了。

八　我的死的几种推测[1]

一、我一夜没有睡觉,到临明时,想到我明天应做的事,便躺下去养一养神。不觉竟朦胧睡去。忽然跑进一个人来,叫了我的一声名字,我被惊醒,还没有看得清楚是谁,一颗弹子早穿进我的胸膛。我再没有能够起来,去认识那个来客究竟是我的敌人或者我的朋友。

二、我的爱人,或者我的兄弟,我的朋友,我最同情的女子,或者一个了无关系的无依的人,被陷在敌军手里,受了一种极残酷的待遇。我一得这个不幸的报告,立刻便要提兵去救,于是我的将领都谏阻我不应该为了一个人而冒重险。我忿怒之下,单人独马跑了出去,敌军的大队重重叠叠地包围了我。所有这些不认识者,都向我发出毫不原谅的射击,我的最小的每一块肉,每一点血,都接受了他们的赠礼,我死在乱军之中。

三、我的爱人死了,我失了生的所为,一切可以创造出什么东西的精

---

[1] 第8—10节原载北京《狂飙》周刊第4期(1924年11月30日)。

力和时间都消耗给爱人的追想。一晚,我坐在临湖的一棵树上,凄迷的月色笼罩着碧绿的湖面,我一生中最美的历史,都在这一刹那间唤了回来。死的渴望鼓动着我,挟着极丰富的罗曼的趣味,跳了下去,水上的泡沫,骨都都地,在我身体所接触过的地方涌了起来,报告我的死的消息。

四、我已经是六十多岁的人了,我同我老伴在最僻静的地方种着一所园子,园中,最美丽的花,最好吃的果子,以及白薯、南瓜之类,应有尽有。我们用了服务社会所剩余的精力,来建设这所花园。休息的时候,我们便手挽着手走到那座用常春藤搭着的凉亭底下,并肩坐着。一天,我们在谈着青年时代有趣的故事,死神忽然降临我们,我们倒在相互的拥抱里。

五、也许有这样一个时期,我失意地买了一坛酒,在一座古庙中,唱着悲愤的歌子,开怀畅饮。我喝了超于我的量十倍之酒。我醉倒以后永远没有起来。

六、正在危急存亡的时候,有一个关系如是之大的魔王,存之则事败,杀之则事成,我手中握了颗炸弹,走上了他的门。他同我握手的时候,我另一只手把我的暗器在我们中间的地下一掷,我同我的敌人同归于尽。

七、一个狡狯的男子,用了一切卑鄙的手段,去诱惑一个女子,这女子虽不为我所认识,然而却是我平素所赞颂为理想的美人的。事情就要完结了,除了把那个诱惑者杀死之外,对于这件人类历史上的最可惋惜的事,再没有挽回的方法时,我便用了应付上边那个魔王的策略,施之于另一方面的这个魔王。

八、我恨一切人类,我以为人类除杀掉之外,再不能够有别的好的安置。人生是没有快乐的。只有杀掉一切人类可以免去痛苦。我于是便把这灭绝痛苦的杀人主义的实行勉强当作我个人的惟一的快乐。我用了求生之乐所用的勇气以送一切人类于干净之死。我杀了十五万九千九百九十九万九千九百九十八个人,最后,我抱着失败的遗恨,死在那个最后该死的人类的手里。

九、一切女子都不爱我,我觉悟了我的孤独之生的结局只有孤独之死。我于是选定了地球上一个最美的美人,我闯进她的屋里。那时,她正赤条条的躺在床上。我嘴里衔上我一生研究化学所发明的一种最毒的物质,伏在她的身上,同她接那第一个同时也是末一个的吻。在这一吻之下,我们两人的灵魂便永存于爱的宇宙之中。

十、这自然是决不会有的事情,然而也不妨姑存此说,以备例外,我同一般人一样,死在平庸的病榻之上。

九　生命在什么地方?

我是很爱生命的,然而我始终没有得到过生命,我时常用指头在看不见的空气中画着十字,向着天空反复地祈祷;你能够告诉我生命所在的地方吗? 我愿意变做一片落叶,永远在你的怀中跳舞。我所得到的回答,只有沉默,没有过一次例外。

我曾在家庭找过生命。一天,我的父亲对我说了:"你为什么不找一点事情做做? 你看,我们家里有这样多的人要吃。"我没有料到我的诚实的回答竟会触怒了他。因为我说,在我没有找到生命之前,我是什么事情都不能够做的。我的父亲说了:那么,你找你那永远找不到的东西去好了,我的粮食是不能够给游手好闲的人吃的。我知道,我是被人赶出来了。

我出来便遇见了朋友。当他们和我很客气地握手的时候,我听见他们的肚子里在冷笑了。我想找到什么呢? 在这些同我一样一无所有的化子中间? 我这样问着时,我看见我已经弃绝了他们走了。

女人,人类,都给我以同样的拒绝。

于是,我便一个人坐在山顶,低着头沉想起来。忽然一种极细的声音,几乎使我不能够听见,从我身旁颤抖抖地送了过来。我惊得站起身来。我在感觉中努力地摸索着,到我知道他是从什么地方发出来时,我蹲下去扳起那块很小的石头,一只快死的小虫,压在底下,他的身上写着"生命"。

十　妇女的三部曲

X女士同一个大学生在公园里坐着喝茶。她脸子是很漂亮的,眼睛像一池清水,正是二十五岁年纪。杂在游人中间,如朝霞中放出的一颗明星,她现在是很快活的,因为她从女师范毕业出时,便立意要找一个同她一样漂亮的丈夫。现在她已经得到了。时常在她心头萦绕的终身问题,已经不复存在,她的全部灵魂,已经献给了那向她招手的爱神。她的生命是那样地充实:她觉得再没有极小的一点隙缝,以容纳别的东西的侵入了。她进了公园时,她并不用思索,好像她已被推定是园中的女王似的,她看见那些差人,都是专为着给她服役的。她又狠(很)可怜那些垂涎的眼光望着她的游客,正像在酒馆中大吃大喝的饕餮者看见门上来了个叫花子时所起的感情一样。

一间华丽的寝室里,从电灯的倦怠的光中,照见一个正在用手支头凭窗沈(沉)想的中年妇人。她的失望的眼睛告诉我她在想着什么。她现在被人叫做周三夫人。她到了这个家里,今天是第五天了。她觉着幸福已经占有她了。在这几天短促的新的遇合中,她得到了一种比新婚更甜美的快乐。当她被压在那个肥胖的肉体底下的时候,她觉得自己是多么可以骄傲的呵!一个男子,有那么高的地位,却用全副的精力,全副的情欲,都贡给了她!她好像买到了一个十分驯服的奴隶,却没有用一个铜子,她好几次瞟起眼来望着地下的躺椅,似乎有一种奇异的情绪,违反了自己的意思,要有所动作的样子。于是,一个漂亮的青年,便出现在她幻象的眼前。她叹了一口气,自己想道:"我是很快活的,我现在已经不再为那一个无法解决的问题所缠磨了。"

一个没有名字的五十岁上下的妇人,躺在荒坟中的一个空墓里边。她的漂流的一生已经结束,她已经得到了她的最后的安身之地。一群乌鸦像追逐她的男子们似的团团围定了她,他们用最注意的吻吻着她的血肉模糊的尸骸,正如她生前被爱过的人们所做的。他们跳着跃着在颂祝她的可供饱啖的美,他们已都为她的魔力所征服了。她很快活地在那座奇异的香案上躺着,她再没有被那缠了她一生的终身问题来袭的危险。

十一 一个没要紧的问题[①]

问题是很简单的,这只要我能够答复"你愿意吃肉呢,还是愿意吃糠呢"的时候,一切都解决了。

于是房门开了,走进一个乡村的少妇来。我照着习惯,叫她给我取过一件什么东西,我就势便把她抱在怀里。我经过了在她那为面粉所点染的颊上亲了一个嘴的第一次手续之后,我便继续着问她了。今天晌午吃什么饭?回答是糊糊。我又问道:"我想吃河落,你说吃河落好呢,还是吃糊糊好?"她笑了,答道:"你就吃河落好了。"我知道,她已经宣布了她的死刑。

[①] 11、12节原载北京《狂飙》周刊第5期(1924年12月7日)。

假如这样思想能够长久占据着我的时候,我便会变成个幸福的人。

十二　我和鬼的问答

黑暗中现出两只红的眼睛,像蛇的嘴一般的红,向我狞视着,好像要把我吞下去的样子,此外,我便什么都看不见了。根据习惯的意义,我把他叫做了鬼。的确是的:他同我说话了。

"你愿意做一个什么人呢?"鬼突然地问。

"乞丐。"我不以为我有答复他的义务,然而我却应声地答了。我并且给他说明我有这样抱负的缘故道:"因为乞丐是最节俭的掠夺者,在一切无厌的人类中。"

"你愿意爱一个什么样的女子呢?"鬼又继续问了。

"我的爱情要赠与那些永远不能够得到爱情的女子中的一个。你可知道,这一定要到那些为男子们所熟视无睹的妓女中去找寻了。"我这答着,为的是变换一下语法。

"你愿意同谁做朋友呢?"愚蠢的鬼第三次问。

"阁下——"我的话还没有说完,我的贵客忽然失踪了。我从那一发即逝的哭声中,知道他已经逃走到很远的地方。

十三　一封长信[①]

我现在脸上浮出的微笑,是一封信赐给我的。

这是一封一万多字的长信。我现在读着它,就像我读着一个外国人或异代的作物似的,我很惊异它的作者的可怕的热情,虽然它实在是我自己三个月前的手笔。

我竭力想唤回我那时的情调,但是,只有枉然罢了,我不能

[①] 原载北京《狂飙》周刊第9期（1925年1月11日）。

够发见前数月的我,正如在现在的冬天不能发见过去的夏日的温暖一样。时光一天天地过去,我也一天天地失掉,我所自豪为我自己所独有的我,其实,只不过是在时间的浪里一霎即逝的浪花罢了。而我偏又要想于我自身之外得到些别的什么,人类是多么愚妄的东西呵!

然而,愚妄便愚妄好了!我便不这样做,也终于不能够变成一个超于人类的什么。

然而,在我的数分钟的努力之后,我又终于感到枉然了。我所看到的只有窗外的黄的空气,风断肠地吼着,被排挤而不得出去的煤烟几乎把我的呼吸都闭塞了。

十四　安慰[①]

阿宝同一个小儿在田地里埋墓冢玩耍,他们因为对于墓冢的形状主张的不同,忽然吵了起来,结果,他被他的伙[②]伴抓起墓冢上的土来给他撒了一身。

阿宝受了这样的侮辱,气得几乎要哭了,他很想一下扑过去把那个凶暴的魔鬼拧在地下。但是,他是很软弱的,他没有法子,只得嘴里咕哝着骂了几句,向家里走了回来。

路上的石头,偶尔碰在他脚上的时候,他便恶狠狠踢在一旁。他所看见的一切,他来时曾那样欣赏过的,现在都变了面孔,好像都在欺负他似的。

他想:我回去时要叫妈妈给我说一个有趣的故事。

他走到家里时,见他妈妈正坐在炕沿上流泪,针线在一边搁着。

他不知道是谁欺负了她,但他想起他在路上的企图时,他便什么也不

[①] 原载北京《狂飙》周刊第10期(1925年1月18日)。
[②] 本书中的"伙",原来均写作"火",今改。以下不再注明。

管了,他把头向他妈妈的腿上一碰,哼哼着表示他的要求。

妈妈把他抱了起来,看见他身上的土好像要骂他似的,却什么也没有说,给他掸了。

她用她那灼热的颊同他摩抚着说道:

"阿宝!我给你说过那么些故事,你都忘了吗?你给我拣一个最有趣的说给我听。"

阿宝的小黑眼睛注视着他妈妈。他没有说出一句话来。

十五　迷离[①]

仍然是晚上,我走进一个在寻常虽是晚上都不能到的地方。

这是间长方形的屋子。亮的电灯,白的墙……都和寻常的屋子一样,我却觉着我所到的决不是寻常的地方,几乎像天国似的。我偷偷地走了进去,没有被一个人觉察,里边也没有一个人。一切都是寂静。在我的左边,放着一架长案。案的前后很整齐地对比着排列着几把椅子,案上陈列着书、墨水、笔……之类。从这些里边,很隐微地透出一种女子的装饰品的香味。右边,是一个书架,里边放满了书,上边堆着许多报纸。我在这寂静的情境中,我的心也同样地寂静,我等着一种好像有十分把握的希望的实现。

一切总不到来,而我却并没有失望或类乎失望的感觉的侵袭,这像是一切都是属于我的,都是由我的意志而安排的。我只沉着,在这当中,我可以做一点什么事情或类乎事情的什么,这个念头便无意之间把我引到书架的前面。

多么惊奇呵!我所喜欢读的书和我所想读而未读的书都在这里了,英文的、法文的……我直到现在,还没有辨认出我那时所感到的究竟是喜悦,或是惭愧,或是……

①原载北京《狂飙》周刊第12期(1925年2月15日)。

如我所预期的,房门开了,走进一个短小的女子来。这正是我所等候的女子。我并没有见过她,而我却知道这是她,而且正是久已熟识的。这并不是我所想象的或者说熟识的那个女子,她是美丽的,精干的,英武的,而这,却丑陋,矮小。而这些,我却好像并没有注意。我只觉着这正是她,久已熟识的。我也没有一点厌恶她的表情,这显然是我同她已经有过浓厚的感情了的。

这些都是极短的刹那的经过,她已经走到我的面前,她握住我的手,她的脸凑近了我的脸。芳香,细腻,肉的跳跃,神经的颤动,自我的沦灭……一切都是我的理想所满足的。我们没有说一句话,便手挽着手走进里间黑暗的屋里。

这些都是极短的刹那的经过。我听见外面嘹亮的女子的念书的声音在交响着了。玻璃里边映着她们各个的美丽的倩影,隐约间好像时而还听到一种低的窃笑……一切都是我的理想所满足的。

忽然,屋外所起的脚步的响声,把我们合抱的灵魂惊了开来,好像灯笼的昏黄的光在门外摇晃着。我的心像是跳了,呼吸也急促了一些,好像要失掉什么,而又要被什么吞去了似的。而同时我又觉着十分的镇静,正像一切都在我意中,都是我所安排就的。

于是,我便偷偷地藏在另一个书架下面。我觉着她也没事似的走了出去,坐了她的座位。我觉着一个人走进外面的屋子,顾视着,检查着。我觉我的竭力强忍着我的极细的呼吸,同时,我又好像歌唱着似的。的确,我能够听见我自己的歌声,我在唱着我的最得意的曲子!

恍惚间,我又站在外面的屋里,一个人也没有,同我进来时一样。大概,这是我已经出来了。她那里去了?她们都那里去了?我当时并没有发生过这些疑问,我只觉着我十分的满足,十分的镇静,正像一切都在我意中,一切都是我所安排就的。

我于是走了出来,过了花墙,向着大门走去,我得到意外的惊喜,这次,他们是被我跨过去了。正在这时,却又发生了另一种意外,一个像负有特别权利的人,追上了我,赶在我的前面。

"有条子吗?"他骄傲地问。

"有!"我不慌不忙地答着,我做出往外掏的样子。

我看见他很失望,他一定以为他的这次捕获是失败了,他已经放弃了他的防御,没趣地等候着我将要给他的无用的东西。

"好!"我的心里高兴地叫了一声,我没有给他注意的机会,拔起步来便向通着旷地的院的旁面拼命地跑去。惶急中,我听见后面追赶的惊呼:快跑。我跑出了旷地,跳过了土墙,踏着园畦,赶着我前面好像也在跑着的两三个远的人影,时而掉回头来望着我后面的渐走渐远的追者。

十六　噩梦[①]

我梦见我闯进了未来的黄金时代。在那里,少年的英雄,都在演着他们得意的戏剧。争斗,嫉妒,狡猾……一切都如我曾经居住过的。

我梦见美的女子向我走来,狞猛地微笑着,献我以蛇的礼物。我用自杀的勇气,自欺的安详,迎受她的吸吮的香物。

我梦见红的花浮现在空中,绿的鸟团团地飞舞着,吸饮着香,歌颂着美。我梦见我生了翅膀,飞在空中,想加入天使们的队中,想把捉住我所看见的。忽然,一切都没有了,我的翅膀也没有了,我堕入秽黑的沟渠。

我梦见我立在山巅,洪水在我所能望见的周围泛滥着,狂奔着。山

[①] 原载北京《狂飙》周刊第13期（1925年2月22日）。

下,微虫们吵闹着,昏睡着。我尽力地狂叫,只有沉默的空气的回响。于是,侵略的洪水,冲涨到山下,淹没了微虫,淹没了山巅,淹没了我。

我梦见超人出现了,人类都做了奴隶,做了食物,做了玩具。但我好像在什么时候听见过,这不是真的超人,这是鬼们化装的。

我梦见我遨游着火星上的世界。我周旋他们的人类,翻读他们的历史,研究他们的自然。由毁灭而创造,而争斗,一切都如地球上所扮演过的。

我在梦中,比醒时,看见了更真实的世界。

在我的梦中,一切都是恶,都是丑,都是虚伪。

土 仪

一 一个失势的女英雄[①]

"一直寻老嫂子吧!"

跟着话声走进一个老婆子来,背着一条布袋。我仔细检查她的脸,虽然肉十分减少而皱纹增多了,然而从她的颜色和形体上,总还可以辨认出正是我在小学校时常见的那个被人叫做的"眉眉锅"来。

少年时代的景象立刻在我脑中唤了回来。我在街上走着,旁边站着一个胖大妇人,手指脚画,议论风生地向着围在她身边的几个男子演说她的英雄故事。接着便是一阵浑笑。她便越发起劲,越发说得花样,连眉毛都跳动了。正像得胜回来受群众欢迎的一个女将。

后来我便渐渐听人说到关于她的行乞的述说,这自然很令我惊讶的,但是古代历史上,由乞丐而变为英雄,由英雄而变为乞丐的先例很多,而这"眉眉锅"也不过是那些后者中的许多不幸者里边的一个罢了。

虽然如此,然而今天看见她,偏要发生一些无谓的感慨。这也许便是人类的痴愚的情感的真象。

她一进来便向我的母亲说道:

[①] 原载1925年2月12日《京报》副刊第59号。

"老嫂子,你看我又来了! 我今年还没有出来呢。"

我这时,不知为了什么缘故,竟起了一种不舒服的感觉。我不知道她为什么竟不和我说话。

终于是我疑心太大,太躁急。因为这时她才注意到我。

"哥! 你是多会儿回来的?"她立刻问。

她没有注意我的回答,便向我诉起苦来。受苦的人常是以诉苦为惟一的慰藉的。

"叫我怎么办呢? 老了,连个儿女也没有,谁养活我呢? 脊背要掉下来了!"

"掉下来便把锅也打了!"我的三伯父在旁边嘲笑地说。

要是在往年时,她听了这话,一定要有一段快论。然而现在的她,为穷苦与绝望所吞食,而只剩得一些屑末,还有什么余力来留心这些事情呢? 但只在这一点上,我的同情已经油然而生了。我不知道该如何安慰她几句话,因为我是不能够而且不愿意安慰人的。只得从那个老字上找出了一句问话。

"你多少年纪了?"

"六十五了,我到这里已经五十多年了。人缘总还不错,没有做过一件坏事,没有偷过人的,所以整理村范时我便被免过了。"

"这倒是一个完人!"我想着,却只感到十分的酸痛。

她得到她的满足之后,同我告了一声别走了,走回她那最后的无定路程上去了。我也仍然在我的屋里徘徊着,我也仍然在另一条路线向着同样的目标作迅速的奔驰,心上担着接继不断来惠顾的难于放弃的重负。

二　鬼的侵入①

"嫂子！你说,我昨天黑夜梦见他第三个婶子回来了！怕得我什么似的,今天起来连饭也不敢吃了,也许是我要死了？"

"你不要太多心了,那有什么要紧？你大着胆子什么也不要管它,一点事也没有。"

"不行！我不由得要怕,我觉着的确我是要死了,她来叫我来了。我往常也梦过她一两回,总没有这样清楚。

"她一进来便问我道：'你好过吗？'我说：'还说呢,他和我也不知道有什么仇呢！'她又道；'他本来不想娶你,他是和我寻悔气才娶得你。'

"我看见她很不好看,便问她道：'人们都说你好人样,怎么你成了那么个样子？'

"'唉！我哭了一年多,把我的脸哭坏了。'她叹了一口气回答。

"她说她来是叫我来的,叫我同她走,我怕了,起来就跑,她便赶我。恍惚间,好像又在一个店里似的,炕上坐着许多男人。他们见我跑进来,一个便道：'你赶快到炕上去吧！这里都是男人,她不敢进来。'

"窗外接着便进来一种声音：'今天我非叫得你走不可,你不出来,我也要把你的指头割一双回去缴差。'这时,赶我的已经不是他婶子,又变成一个小鬼模样的了,身上还带着一个牌子。

"我醒来怕得很,便叫他叔叔,但人家动也没有动……"

---

①原载1925年2月15日《京报》副刊第61号。

三　我家的门楼①

这几年来，我家居然也大兴土木，所有的房子洞子，几乎都已见了新泥水，不但是曾经被人夺去的几处收了回来，而且别人的一座院子也被我家夺为己有了。时代变得很快：从前的被掠夺阶级，一转眼间，已经跳到掠夺阶级上了。

只有我家的门楼是最不幸的，它在这些新兴的后进之中，已经退居到遗老的地位了。它直到现在，还是它初出世时那一副面目。好像它是特别留下，用以纪念那旧时代的，它已是被划出潮流之外的了。

没有一个人曾经提议过修理它，将来也永远不会有的。

假如它要有自知之明的时候，它便不会以为它的主人对于它的待遇不好，因为这正是它以外的一切都受不到的敬礼，这是因为它有特别使命的。

我从小的时候，常听人说，有过一个什么异人，在我家洞顶上观风，曾经说过，这门楼很好，这个家里将来一定要出一个贵人。

这也许便是预示现在的。固然，现在它算不了什么大贵，然而院子却新了，大了。比从前的确是贵了好多。况且异人也只说是贵，没有说什么大呵。

但是，这里边又有了破绽。门楼既能使它的主人、它的伴侣都贵了起来，为什么反没有能力来贵一下它自己呢？假如它要有自知之明的时候，这在它，也一定会成为一个极奇怪的问题吧？

我呢？我觉着这对于它太宽纵了。在我的眼里，它是一个妖怪，是一个恶的宣传者，它用了它的卑下的、荒诞的欺诈把我家的地位降低了。也许我的子侄们的纯洁的童心里，已经中下了它的毒的

---

① 原载1925年2月16日《京报》副刊第62号。

余沥。

世间有英雄吗？谁能够踏翻我家的门楼！

四　孩子的智慧①

妈！你说爹不敢骂，爹为什么不敢骂呢？我就要骂，我要悄悄地骂，我出到院里时要骂。

妈！我是你的儿，你是谁的儿呢？你也有妈吗？我有一个妈，你也有一个妈。你是你妈的儿。妈！你也是儿吗？

妈！你还要拧我吗？你再拧我时，拧我的脑袋好吗？咦，你就拧不下我，脑袋就拧不住呵。

妈！你说我姐姐死了。你为什么不给我再生个姐姐呢？妈！你要生，你这会就生！你为什么不生呢？

妈！你说我过了年就大了，为什么我还没有大呢？我还要过一个年才大了吗？那我明天就过。那一个年是上午过的，明天我要下午过年。

妈！你没有给成林哥送糕去吗？那一天，成林哥还给了我好多酸枣。妈！他在那里住呢？不是很远很远的那里吗？妈！你给我一个糕，我自己给他送去。

妈！我叔叔是个赖小子，他今天吃糖没有给我。

妈！我哥哥有一个顶好的匣子，他不给我。我不拘那一天，我总要偷他的。我要悄悄地偷，我总不叫他觉了。

妈！我比阿连利害，我敢打他，他不敢打我，数我利害呢！妈！你为什么又要说我叔叔呢？你只会说他！

①原载1925年2月22日《京报》副刊第68号。

五　一封未寄的信[①]

亲爱的弟弟：

我现在很镇静，我更加真确地看见我自己了，我将要开始我的生活的另一个新页。

这令我自己都会吃惊的，我居然又到了这里，我于这样没落之后，居然能得到未曾有的镇静。也许人们的话是有理的：我是个奇怪的人，弟弟！你不以我为奇怪吗？

我很满足，反正我所希求的已得到了。我从错误的，失迷的路上，达到了我的目的地。我从愤激的冒险或毁灭而恢复了健全的心。

也许这只是暂时的现象。因为我的敌人都还在着呢。都还在乘瑕蹈隙以备二次，三次……之进攻。我也许将燃更烈之毒火以与彼等作决死之搏战。搏战是需要镇静的，不然，我将永久作逃亡之败将。

在我的过去，一切都是创伤，我不愿意再回忆它了。我现在正在破坏我的过去，我要在这血泊里建筑我的新的生活，我在创造我的光与热。

我愿你不要告诉朋友们我的去处，我要以他们的纳闷为我的享乐。

听说你也要到这里来了。我们也许会在这里碰着的。人生之乐，无更过于碰着！

狂飙使我痛苦，我最爱的狂飙赐我以最重的创伤。破坏呵！让我们第一板斧，先砍翻我们自己的孩子！

长虹，地球之一角。

[①]原载1925年2月22日《京报》副刊第68号。

六　孩子们的世界[1]

在院之一角，法律所没有管辖的地方，孩子们游戏着，孩子们在那里创造他们的世界。

孩子们应着他们自然的需要，而游戏，而创造，而争吵，而相扑。孩子们自由地排演他们未来的英雄的戏剧，在他们自己的世界中。

孩子们争吵着，相扑着，而没有争吵与相扑的意义，法律没有管辖到他们，法律也没有管辖他们的权力。

孩子们是纯洁的，无畏的。孩子们在别的世界上，去建筑他们的世界。

然而，当他们的母亲出现时，孩子们便立刻变成了成人，立刻陷落在下面的世界中。

他们从威吓而学到了畏缩，卑怯，从鞭挞而学到报复与杀戮，从威吓与鞭挞的逃避而学到了狡诈与窃盗。

孩子们有不复争吵，不复相扑的时候，而他们却了解了真的争吵与相扑的意义。

孩子们是无知的，无助的。孩子们没有法律的管辖，所以保护孩子们的母亲便出来管辖他们。

当孩子们的母亲出现时，孩子们便立刻变成了成人，立刻从他们的世界，被提升到上面的世界中。

在世界的上面法律所没有管辖的地方，孩子们自有他们的法律，有保护他们的母亲。

---

[1] 原载1925年3月10日《京报》副刊第84号。

七　悲剧第三幕[1]

我弟兄四个,所以悲剧是应该有四幕的。不幸,第一幕被二弟演了,我接着演了第二幕,现在,第三幕,便轮到三弟身上了。

我从前也曾做过梦,大概这第三幕应该不至于有,我们总该有能力去制止它的发生。后来,我便知道,我所做的诚然是梦。

前年的春天,我接到三弟的一封信,问我关于这件事情的抵抗的方法。我答说:抵抗的方法,只有我们有钱,然而我们偏没有。为今之计,只可暂且沉默着,先把身子脱了出来。惟一所能办的,便是延迟婚期,以备寻逃跑的路。

夏天,我遇见二弟。他把那个媒人狠骂了一顿。这令我笑了,这与媒人有什么关系?然我也知道,这只是他的无可如何的气愤的发泄罢了。

此后,我们便时常想一些逃跑的方法,然一件也没有办到,将来也未必会办到的。

现在,三弟的心里,已经隐藏着一种深刻的悲哀的影子,他已经尝到社会的滋味了。而且,无端地,他好像在啜泣着,要哭了出来的样子。这令我几乎想得抱住了他,同他尽情的一哭。我又从他看见了我过去的自己,我便越发为他担忧。我更沉痛地想:我们简直不是人,只是同样的制造品,给社会做标本的!

我同三弟的谈话中,时常避去了恋爱问题,以免得触着他的悲哀。有时他问了起来,我也便说:现在外边的女子,都也差不多,都还是爱脸子,爱钱,爱名誉,爱依赖,爱安逸,很少能够发见了自己的,或者完全没有。大抵,在现实底下压迫的人,如有了一种高的理想,便只能越发紧炼他所身受的痛苦,假如这理想是空的,反之,真

---
[1] 原载1925年3月23日《京报》副刊第97号。

的发觉了现实的黑暗的人,一旦意外之间遇见一种理想的事实,便决没有让它空过去的。我以为我对于三弟的话是最为适当的了。

听女人说,婚期明年就要举行。她劝我出来把这件事赶紧做个了结,不然,两个人都不好。我如何能够管得了这事呢?况且母亲又病着,我知道,她这时也正在看见了她自己,然而,我没有能力救我自己和救她,我又如何能够救那同我一样和她一样的他的她呢?

一天,我只得向母亲提议道:家里媳妇们很有几个,也不缺使唤的了,三弟的事,迟几年不好吗?母亲极坚决地说:"不行!我决意明年娶了过来,我的身子很不好了,赶我活着,我亲自再调教她一二年。"

况且母亲又病着!——

八　正院的掌故[1]

在我的家里,我常被叫做一个冷淡的人。也许他们是对的,所以一天正在家人欢聚的时候,我却一句话也不说,只想着十数年前在这个屋里住过的一个毫无瓜葛的老人。

在那时,这个屋子和这个屋子所坐落在的我们的正院,已经有好多年被我的三祖父卖给一个铁店的掌柜,做了伙计院。我所说的老人,便是给那掌柜做伙计的,正住在这个屋里。他大概是我八九岁时搬来的,一直住到——不记得了,大概总有五六年的样子。他是个很和气的老人,对于我们家里的人,尤其对于我,特别要好。所以他以后虽然搬走了,我以后也到外面去了,后来还听说他已经死了,然这在十几年我的回忆中,却时常有他存在着的。

关于他的琐碎的事情,很有几件,曾使我当时起过一些新奇的感

[1] 原载1925年4月4日《京报》副刊第109号。

想的。例如：在我所见过的家里，都是女人做饭，而他却是男人做饭。我的祖母，我的伯父们，都叫他"血哥"，我和我的兄弟们也都叫他"血哥"，好像我们都是同辈似的。在我们那里，只有女人才骂人"挨刀鬼"，而他骂他的两个孩子时候，却也骂"挨刀鬼"。我当时很以为这是因为他做饭的缘故，变了女人的说话。诸如此类，都使我惊奇，莫名其妙。

他时常叫我吃他的饭。他的饭做得也未必好，然我吃着，却觉好比我家的香了好多。

他喜欢同孩子们玩笑，给孩子们谈一些故事，这大概也是我同他亲热的一个缘故。一天，对着很多的人，他指着我说道："这孩子鼻子很大，'雀儿'一定也大哩！"说得人们都笑了，我却羞得红了脸，好像不敢见人了似的。真可恶，他偏有本事，还要发表他那不知道如何得到的一条定律道："凡鼻子大的孩子，'雀儿'便大。"但一会儿后，我便什么都忘记了，我们又谈起别的话来。

他所谈的故事里边，有一条，直到现在，我还记得，而且还时常对我自己复述。他说："高怀德病了的时候，赵匡胤每天打发人看他去。一天，他对他老婆说：'赵匡胤真有交情，我病成这个样子了，他还每天打发人来看我。交下这样朋友，我虽死了，也很过意的了。'他老婆很聪明，叹了口气说道：'他那里是看你，他是看他那颗印哩！你不信，明天把印给他带回去，保准以后再不看你来了。'高怀德不信，便照他老婆的话做了，果然，一直等了三天，再没有一个人来。高怀德气得叫了三声，便死过去了。"这个故事，也许是我少年时所得到的一个最好的教训，比我所读过的哲学书都有味得多。

可惜这样的老人便很早的死去了！那天，我在某处还遇见他的二儿子，居然也同我说话了。好几年他不同我说话了，一定是因为他听说我快要一个月赚六十块钱的缘故吧？听说他媳妇很不规矩，前几年把鼻子也掉了。唉，可怜的死去的老人呵！

九　架窝问题[①]

在我从太原往测石的路上，天气很冷，风很大。我在火车中坐着，无意之间，便起了坐架窝的念头。这很令我惊异的，我不知道为什么我忽然爱惜起身体来了。然也不必深求；爱惜身体，总比残害它好。因此，我便终于作了坐架窝的决定。

所谓架窝者，便是用席子卷成一种如我们那里所住的洞的样式，后面也用一片席子蒙着绑在实际就是底子的架子上边，架的前后都伸出两根长杆，用两个骡子架着走的一种坐骑。像这样朴陋的东西，在我们那里，便成为贵族的专用品，按规矩，我是没有享用它的资格的。

我下了车，同店家的小孩相跟着走的时候，便对他说：

"我明天要坐架窝，风太大。"

"好吧，明天叫我爹送你去。"他回答。

"世间还有人在承认我坐架窝的权利呢！"我想着，笑了。但接着又引起我的不快的回忆来。上一次我到这里的时候，他爹不是赶着架窝送某某去了吗？我同那样卑鄙的人坐同样的架窝，用同样的人赶着，太屈辱！我这时，几乎连架窝都觉得有些讨厌了。

但这些，在事实上终于不会生什么影响，所以我后来终于把架窝雇好了。

大概是因为我受所谓舆论的攻击太多了的缘故，所以架窝刚一雇好，我便想到我回去时各方面对我的批评来。母亲一见我回家，一定以为我病了。女人，也许会喜欢的，因此，可以证明我在外

[①] 原载1925年4月5日《京报》副刊第110号。

面不像从前那样穷了。伯父们,一定说,还没有当了教习便要坐架窝,总是好花钱,没指望。村里的人们,一定会讥笑道,到底人家阔了。然而这些,也终于是一想便过去了,对于我是简直没有关系的。

次日刚走出来,我听见后面脚步声响得很快,立刻,在我的蔑视的眼光中,现出一个戴着黑眼镜的红脸的人,他看了我一眼,好像自叹晦气似的,又退回去了。接着,我便听见了舆论的第一声:"盂县人真没见大天,坐个那东西便阔了吗?"我想,这是因为我并不阔,而他又步行的缘故。

到了家里,母亲惊讶地问:"孩子回来了,不是病吗?"我说:"不是,我害冷。"母亲说:"不是病,便好!"

后来,我问女人道:"家里的人们对于我坐架窝说什么话来没有?"她说,什么也没有说。我说:"他们什么也不说,大概也是因为我快要赚钱的缘故!"

及至我二次又到店里的时候,孩子问我道:"你老为什么不先捎个话来,叫架窝接你老去?"

世间还有人以为我非坐架窝不可哩!

十 改良[①]

一天的晚上,我同三弟到C爷的家里送行去,因为他次日要起身到太原。他很郑重其事的告诉我们,明天要在镇上一个小学校里开一种促进教育的会,到会的有留省学生潘君兄弟俩及各小学教员,叫我们明天早上八点钟去,而且不可叫老人们知道。从我们的村里到火车站,有六十多里路,总得大半天才能够到。他为了这种改良事业,便不得不等到开完会再起身,照例是应该在十二点钟以

[①] 原载 1925 年 4 月 19 日《京报》副刊第 123 号。

后的,他便不得不走一程夜路。在事实上呢,至多也不过给人们说他像疯子的时候添了一个证明罢了:临起身了,还开什么会呢?

我于镇上的事情,本来没有什么热心的需要的,况且此次回来,也不过是想在地球之某一角得到几天的安息罢了。所谓故乡者,已经于我没有什么关系,何况又是改良之类几乎不可能的故事呢?然又觉得有不能不加入之理由在:因为不去时,便会使他老人家悲哀,越发使他深刻的感到孤立的感觉。我本来是他所认为最有希望的后辈,我便以此项资格,终于加入了。

次日,我同三弟到学校里时,只有差人和几个小学生在着,与会的人,一个也没有到,连本校的教员都还没有到呢。我们只得出来,到南面的文昌阁上逛去。

文昌阁也是C爷捐了款新修理的。里边供的,孔子之外,又添了一个老君。我们那里的煤窑很多,窑黑子们便是贡献老君的。他想藉此提倡,在每年腊月十八日例会的时候到这里开会,渐渐引到工人的团结上去。这虽然是一种很费周折,很迂远的计划,然而毕竟是一线光明的影子,所以连我这样唾弃偶像的人,对于这文昌阁,也便发生了一点好感,而且居然还有了一种进去一看的要求。

门子锁着。我在旁边点着一支烟抽了起来,二弟用方法要把锁子弄开。终于没有结果,我们便模糊地向四面望了片刻,惘然地走了下来。

二次我们到了学校的时候,不同的现象,只是跑了差人,添了几个学生。我有些按捺不住了,然又无可发泄,也只得随便转着,以消磨时间。

C爷最先来了,他看见除我们兄弟俩外一个人也没有到,便嚷着道:"中国人总是这个样子!"真的,昨天晚上在他的屋里讨论的是我们三个人,今天来到学校里开会的仍是我们三个人。他忙着叫一个学生请人去,却说是怕碰见先生,不敢出去。别的学生也都是这样说,于是又轮到二弟担任了这个差使。

我问那些学生们说:先生常打你们吗?答说:每天要打。我好像听见板子的声音了,接着便是一群孩子的哭。某种观念又在我的脑中特别清晰起来:改良教育的人们,你们还是折回头来先改良一下这些先生们吧!

人们聚集在一块的时候,已经是十点多钟了。在无味的问讯,无味的让座之后,C爷便开始了他的热心的演说。照例是一番赞和,一番十分之一的更正,一番喧笑,结果,在旧有的十个董事之外,又添了四个新董事。推定的人,却只有我的旧同学现任第一国民教员的杨君——便是在《幻想与做梦》的第五篇里做过我的伴侣的那个英雄——其余的三个,苦于无人可推,只得等到放假日董事们吃了火锅之后,再集思广益,另行搜索去了。我也没有脱空,被推定了起草什么简章的人。

改良的会议,于是告终,改良的事业,当然也于是告终。C爷匆匆地回家起身走了,我们也匆匆地都逃跑了出来。

我心头确实有些作恶,这算做了一回什么事情呢?这与打牌,看戏,或者谈说某人的一件秘密的丑事,究竟有什么不同的意义呢?

第三天便是放假日,我并不是不喜欢吃的,却因为不喜欢同人们在一块吃,所以也没有去。我只弄了一张清城镇教育董事会简章,叫二弟送到学校里去,以慰藉在太原的C爷的寂寞。他回来说,学校里一个人也没有,在街上碰见潘君,便叫他带去了。

隔了些时,我听说杨君辞职了,因为明年当值的一个旧董事曾经表示了不干:我们老了,叫人家年轻的人们干去吧!

我反而觉着有些热闹起来,谁又能说这不是这件改良事业的功效呢?

十一　厨子的运气[1]

正在过年的那一天,我听见H太太到我家来要痧药,说是C大爷前天晚上病回家里去了。这并不是一件奇怪的事,也不值得感伤,因为他的历史告诉我们,他是应该如此的。

在我的记忆里边,他最先便是一个厨子。我的祖父的死,父亲的考上知县,以及遇有由此递降的各类事情发生,常是他来给我们做饭,他常是锅头上的总理。正式当厨子,却是以后几年的事。在先,他也时常说起这个,B哥在城里的一家钱铺里已经上了账了,他要叫他在城里不拘那家钱铺里找一个厨子的营干,出去活动几年。后来这志愿果然达到了。我们由此,便可以知道他是一个如何有决断,有勇气的人。比如,我的二伯父便不如他,虽然气愤了的时候,也常说,明年叫B找一个地方进城当厨子去,然而直到现在,还没有当过一天厨子,而且连明年这一类话,现在也不提到了。

他当厨子的历史,连空白也数在里头,大概有二三年的样子。然这几年的活动,惟一惹起人们的注意的,便只是他的坏运气罢了。这的确好像是有一种定律在支配着:他没有一次不是到不了过年总要病回家来。人们一致的说:"那样的人,还想望什么呢?老人们说过:'穷了钱,不要穷了命。'他真是命里穷!"这话如果被他听见,他一定又要发他的坏脾气了,骂人们都是咒诅他。然事实是如此,他也没有法子反对,所以,后来连他自己都承认了他的坏运气了。他以后说起了他的过去,便也常感慨地道:"我的运气真坏!那几年时,每到过年,把肉呀,菜呀,酒呀,油布袋呀,一切都预备好了,只等吃了。——看人家吃吧!自己却病了:不是生疮,便是烧坏了足!"这有什么法子呢?事实是如此,便是我们时代的新英雄

[1] 原载1925年4月22日《京报》副刊第126号。

们,又有谁敢于不向着事实低头的呢?

这遭遇使他看见了自己,他再也不作到城里去的梦想了。然而,运气决不能因为他安分的缘故便饶恕了他,他因此一年比一年穷了起来。后来,连他那没有墙的院子,也卖给了我家,托庇在我母亲的慈善之下,住在我家里帮闲,当着半个厨子。但是,因为他的怪脾气,又遇了有同样怪脾气的我的大、二伯父,自然要时常发生冲突的。他做的饭,他常不能令大伯父喜欢。于是,这个嫌那个的手法不好,那个又嫌这个的口味不好,以强于自信的在城里钱铺里做过饭或常在镇上各铺家吃饭的人,决没有对于自己的手法或口味表示让步的事情,这冲突随着时间的进行,终于成了以目代语的仇敌。此外,则他仍然很喜欢害病,而且一病便连房门也不出,吃饭还得我的弟妹或长工给他送去,这一点,我的母亲也有些不满意了。

这些都是以前的事情。这次我回来时,他已经不在我家了。我问起他走的缘故,母亲说,他后来和她也不好了;女人说,后来和她们也都不好了。则他的走,也仍然是逃不掉的定律。

但他换的那一家,却使人们都为他担心过,我也很为他危险过,因为那家的两个女人,是出名的难与人共事的。如此,则病了出来,虽然又种下将来的感慨的根苗,然与其被别人赶走,又何如干脆去服从那不能不服从的自己的运气好呢?

关于这个可怜的人的故事,我还想再写一点出来。但是,第一,怕对于读者的口味要发生问题,第二,我也不便于自信我的手法,所以便暂且即此而止。

十二　伯父的教训及其他[①]

"年轻时候,觉得钱不要紧,往后走,不觉便老了,到那时,一个钱也没有弄下,受罪也赶不上了。"

我的鼻子里没有声音地响着:哼!

"一个人,最坏也得养活了老婆孩子才行。你看人家成政子,当了好几年承审员,去年把老婆也带去了,多么体面!"

我的鼻子里没有声音地响着:哼!

"听你子元爷说,景玫九[②]很爱你,那是山西的才子,你这次去,可以给他拜个门生。"

我的鼻子里没有声音地响着:哼!

"他是胡景翼的老师,说话一定很有面子的,秘书现在还不够,可以先叫他介绍当个书记,慢慢地当个秘书,慢慢地弄个知事。"

我的鼻子里没有声音地响着:哼!

"能坐知事,自然是知事最好,又能赚钱,又有名。咱们县里,这几年轻易不出知事了。"

我的鼻子里没有声音地响着:哼!

"卖文章如何行,况且也太苦,像梁任公的文章,从前很受人欢迎,但人家是才子,现在时候也不对了。听你父亲说,林琴南的小说很能卖钱,但那不容易办。"

[①] 原载1925年4月27日《京报》副刊,它本是《土仪》的第12篇,但在《心的探险》出版时,本篇没有收入,现附于《土仪》之后。

[②] 景玫九,即景梅九,山西安邑(今运城市盐湖区)人,为山西最早赴日留学生之一,同盟会成员,并积极参加了辛亥革命。曾创办多种报纸,所办《国风日报》最为有名,时间也长。20世纪20年代初,提倡无政府共产主义,发起世界语运动。

我的鼻子里没有声音地响着:哼!
我想,我明天要走了……
哼!……

绵袍里的世界①

我坐在一棵柳树底下,面对着污水渠。渠内臭恶的空气蒸腾着。我为什么要讲卫生呢?世界不是比这道渠更为污秽,人类的毒菌毁灭我的灵魂不是比致病更为可厌吗?可厌的不是那促进死亡的,而是那在生命进行的路上作界石以阻挠之的……我身上这样沉重的压迫着我的这件绵袍,使我对于一切都没有希望,都想起而破坏之的,为什么我没有看见有第二人肯同我一样的穿着,为什么便是我最好的朋友,也未曾有过一个肯于同我一样憎恶这件绵袍而为我寻些法子脱掉了它的呢?当我的朋友们看见我穿着绵袍的时候,他们总都是一个师父打出来的徒弟,总都装着没有看见的样子。为什么他们要看见呢?"你还穿的是绵袍吗?那——那很好!"这话终于有些难出诸口!不然呢?那是很危险的……

我刚才走进当铺门的时候,我吃了一惊,头为什么如是之多呢?我跑了进去,就像淹没在大海里似的。密密地站了一地,无足轻重的蚂蚁!戴着眼镜的绅士,双梁鞋商人,小褂子工人,红眼老婆子,黑小娘……世界整个地陈列在我的眼前。可见穿的并不只我一人。然而,为什么没有一个脱下棉袍来赎夹衣的人呢?可见我还是最穷的,这些同我并排站着的穷人们,都比我富足,他们都在骄傲着我,我从他们骨都的嘴里,好像听见都在向我讥笑:你这惟一

---

① 原载《莽原》周刊第 1 期（1925年4月24日）。

的真的穷小子！另一方面,站在柜台里的机器,真的骄傲的人们,脸上飘动着死的微笑——我在被杀的用滚水浇着的猪脸上所见过的微笑——像没事似的检查着当票;搬运着算盘子儿……咄！你们偷活的鬼们！只要站在柜台外的人们略微动一动指头,你们便会被压在算盘低下……我被夹在两个妇女——一个老而丑的,一个少而丑的——中间,伸起一只手去拿着当票,等候着某一只眼睛看见之后,从某一个嘴里审定这上面写的是什么东西,一面我心里盘算着,我如何脱掉了我的绵袍,只穿一件小褂,同工人一样……我从我站着的地方向东面一字儿望去,我看见这些不同的头,当他们看见我那种奇异的状态时,会现出什么动作。自然,我是应该被他们轻视,正如他们应该被没有到过当铺的人们轻视……他们没有一个人来招待我的,我便这样站着吗？我何如到某个阔人的门上站着候一点差使好呢？走他妈的！我不……

时间是这样的快,一刹那之后,我便又坐在这里,被经济制度追赶得走投无路的我,一刹那之后,又在坐在柳树底下没事似的思索着哲学问题了。

人类其实也便是如此而已。其余的我都撂在一旁,先把我的朋友们揪了来开始我的审判:"你们为什么同我这样穷的人做朋友呢？你们不是因为我在穷以外还有些别的东西为你们所需要的吗？你们有的取了我的思想,有的取了我的友谊,有的取了我的愚蠢来站在我的头上以表示你们都特殊,有的想把我当做一件机器来供你们使用……但是穷呢？这是你们不喜欢的,都不需要的,所以我虽然在你们多方面的掠夺中,我的穷还是整个的保存着,正如国粹还是给爱国的君子们保存着……""是的,是的。"我听见一致的肯定。

唉！人类真是无可救药的了！他们一定要用许多方法,以把他们脱跳得干干净净的,装得冠冕堂皇的,以显出他们对于某件好事如何无能为力,某件坏事如何不得已。假如他们把这些方法用在不得不做好事,竭力不做坏事上去,岂不是一些可爱的孩子了吗？然而,他们不能,他们没有这样的傻!

当铺里的火计打得算盘当然好,但人谁又不会打算盘呢？三加二等于五,金钱加权利等于身份,感觉加表现等于艺术,艺术家加科学家加社会服务等于理想的人,这些不都是在一架算盘子上可以打出来的吗？然而,可惜都太聪明了一点,一天价打算盘,却都打到永久的虚无中去了!

好几天没有看父亲去了。我这几天为什么这样忙,究竟做了些什么事呢？鲁迅先生的纸烟,玉帆的浅笑,小弟弟的厚嘴唇,高歌的来信,周刊,关羽与财神……父亲叫我暑假后做点事情养家,他病了半年多,不愿意再混事了。我如何能够不听从呢？我从前反对的是有钱而专制的父亲,现在帮助的是有病而不能负责的父亲。他问我投稿能够维持生活吗？我说,能够的。但是,如何能够呢？一个月赚下六七元钱,北京的房饭没有这样的便宜,我的肚子也没有这样小,编辑先生一翻脸,我便要站在悬崖上了,况且我总是这样倔强!但是父亲为什么不说,家里可以维持下去,叫我安心做文章呢？不然,为什么不说,我的生活一定难于维持,给我几元钱用呢？连自己的绵袍还脱不掉,而能够赚钱去养家吗？那几年,他如多给我些钱,我现在又何至如是之狼狈？看来,苦的还是我自己! 我为什么应该这样呢？

"你好,因为你诚实。"我向着走到我身旁的一条狗说。的确,我有些爱起它来了。

我为什么这样无聊呢？一件绵袍罢了,何必也要引到永久的问题上去？我始终喜欢思索永久的问题,朋友的一句假话,无关系的人的偶然的一次微笑，乃至一刹那的寂寞，都常引我到虚无里去。这是很危险的！

战呵！人生本来是一片战场。但是，敌人在那里呢？

吃人是好的，然而我决不喜欢吃蒙古人，他们的味道太不好了。闻见都要作呕。这些时公寓里的饭大有蒙古人的风味，也许蒙古人已经被我吃过了吗？风味，肉，心灵，究竟有什么不一样呢？我不喜欢吃中国人，他们的心比蒙古人的味道更坏！法国女子的味道，不妨假定是好吃的，然而我如何能够到了法国？译书？好书他们不看，坏书我又不译。中国人的口味真是特别，退一千步说，我何不幸而为中国人呢？

我实在觉得是这样：中国亡了，于人类的历史上又有什么损失呢？而有人偏于要爱国，且因爱国而被人骂为卖国，我不懂这个道理！

他妈的！……

反　应①

　　从乡间来的人大抵都喜欢都市,我现在却正想念着乡间。我并不以为乡间有多么好,我只觉得那里的空气比较多些,而人的花样比较少罢了。然而B反对我的话,因为他刚从家里来的缘故。于是H便作公平之论曰:大抵人在都市时讨厌都市,一到乡间便又觉得都市好了。这话大概是对的。因此,人们便永远找不到一个合适的居留地。

　　人是这样的一种东西,不相信他的眼睛,而相信他的幻想,这是由于幻想可以让他自由的缘故吗？什么是坏的呢？便是那些他所看见的。什么是好的呢？便是那些他所见过而又想着的。人是这样一个无理性的东西。也许只是我是这样一个东西吗？

　　就艺术上说,以为人最了不得的,要算是罗曼主义者了,因为他们最相信他们所幻想的缘故。所以他们也最不相信他们所看见的,所以他们反抗现实。

　　人时常在想着自由与幸福,然而人永远得不到自由与幸福。一到得到时,他们便不复是自由与幸福了。自由与幸福,以及一切人们所赞美的东西,都是空想中的永久的花。

　　失望于文明的人,掉回头来赞美野蛮去了。然而野蛮便正是

---

①原载1925年10月18日、20日、21日、24日、11月2日、3日《京报》副刊第301、303、304、307、316、317号。

他所看不见而想着的；否则，那文明不便是人类的野蛮的产物吗？野蛮，在赞美野蛮的人，是一个理想，是一个更高的文明。

我也未尝不希望有个拿破仑在中国出现；然到他出现时，我便成为他的反抗者中之一个了。我们为什么赞美托尔斯泰，尼采呢？这只是因为中国还没有托尔斯泰同尼采的缘故。我不能满意过去的人，然而我常在赞美一些欧洲的过去的人，不自觉的缘故，便是我住在中国吧。

我常不满足我的过去与现在，我也不满足别人的过去与现在，我常想念未来。然而未来，在现在，是空的；到未来，又已变成过去了。所以我，其实是什么也没有。

为什么人的意见那么同我不一样呢？是我错了吗？是我陷到迷惑中去了吗？我好像没有清醒过，然迷惑便是错吗？清醒的是谁呢？

我曾做过侦探吗？有人在疑惑我了。不高兴我的人且想借此把我毁灭掉。然而，他们是对的，我是错的，所以他们的话被采用了，我的话只能对自己复述。

世间有大部分的真象，为我们在书上没有见过的，且为人相传不应该破露的，当真我们都应该假装瞎子不去看它吗？否则，真象的说明，有时竟成为卑劣的行为了。我有时倒觉着卑劣还较合适于我，我不愿意苟同于人们的清高。我白天想着天上人间，黑夜却做着地狱的梦，然梦是我的真的行为。

也许会有一天，一切人都站在一面，只剩我同我自己站在那反对的别一面吗？那时，我将要如何奋勇地作战，然而我已感到荒凉了！所以人仍然是社会的动物。

反抗社会的人是最需要社会的人。和平论者因其无关重要而想随便敷衍下去。

人的冲突也许只是理想和现实的冲突吗？也许只是小屋和大街的冲突吗？

小屋里所想到的,无论如何想适合于大街的情形,终于不能够呵！说的永远不能够适合于做的吗？我应该离开我的小屋而走到大街上去吗？

我再也不相信我是比别人好的了。如其是那样,岂不是人类中竟有两种绝不相同的东西,一种是好人,一种是坏人吗？我走到大街上时,是不是还是在小屋里想着的我？人的冲突也许只是小屋里的我和大街上的我的冲突吗？

然而,什么是小屋？什么是大街？什么是想？什么是做？行为派心理学说:只有刺激,只有反应。我确乎是机械吗？机械如何能知道呢？

我在小屋里想着的是反对大街的,我走出大街时,把想也带了出去,所以我仍然反对大街。然则,我从此永远在大街上,我便会认识大街吗？我已经在小屋里想过好多年了！

人没有认识的能力,人只有被动的反应。从前的哲学家把人看得太理想了。哲学从来便是句谎话。

我读过书上的话,在实人生上一点也找不到什么。我读过理想的书,描写人类的爱的书,但我一翻开人生的活页时,便一齐都变了颜色。我不能够从实人生的接触中遇见我所要见的东西。我所看见的常是令我失望的。当我写文章时,我很想写出些同情的东西,然触到笔尖的只是愤怒,愤怒。我知道有人在那里骂我目空一切,骂我刻毒,然我岂不知道尊视人,宽容是好的呢？当我穷起来的时候,社会向我致意了:讨吃子,无聊。当我接受到这些礼物而没有欣然色喜的能力的时候,我将如何把我的同情写在纸上呢?

曾有过一个朋友向我的别一个朋友建议:他那样穷的人,你还不赶快同他绝交了吗?被人骂为刻毒的我,曾有过一次像这样刻毒过吗?我把我的好意献给我所诚心待之的朋友,他怒了,说我在藐视他。我曾经这样刻毒过吗?

我觉得因袭思想是坏的,特殊阶级是坏的,这些在人类的进化上是有极大的阻力的,我于是攻击起他们来了。惭愧我没有力量,还没有见过活的血,我只可把那血写在纸上。然而,我便做了人们骂我目空一切的根据,而且那骂我的人,又常是那些被我所攻击的东西所压迫的人。究竟谁是我的敌人,谁是我的朋友呢?

我如何能够把甜的毒酒献给人们呢?用恭维以增长他们的惰气,用殷勤以增长他们卑劣,用催眠歌以安息他们于不醒的睡乡,用狡诈以玩弄他们看不见自己的面孔,这些是我所能够做得到的吗?

我的喜欢尼采的朋友没有权力去读尼采,想当兵的朋友没有路费去当兵,留学的不能到外国去。生活所给与他们的,只是废学,烦闷,吐血,夭亡。而别一方面,便是那些拥有特权而昏聩的人们,犹且我攻击他们时,我便成为目空一切了!

不幸者们帮助了幸福者们去除灭反抗者,不幸者于是永不幸,幸福者永远幸福了,这是社会的致命伤!

我们中国不少是平民起家的人,这在社会上还被视为最高荣誉呢!我们一看那些过去的俄国人,那些从贵族之家跑出来而把生命投在危险中,而去为平民作战的人们时,我们当起一种什么感想呵?

有好久时候，我一点也不能够明白思想之有阶级性，但到近来，我觉得那是对的了。一天，我想到进工厂去，我那时便像真的坐在工厂里了。我想象在那里看着我所看见过的，一切便都变了颜色。比如，唐努谙的小说是我所喜欢看的，我称之为爱珍珠，但那时想来，只有无聊，只有丑的描写。在近代的精神上有特殊发展的文学作品，我再也不能够找出几部是好的来了。而且我不承认克鲁泡特金是一个平民革命者，他到最后，还只是一个有平民思想过平民生活的贵族。查特图斯特拉，我简直不能够觉得它有什么意义。但是，我对于中国那些提倡阶级斗争的人们，却仍然是不能够认识。我仍然以为他们只是一些士人，好的爱国的士人，坏的便只是些投机的士人了。我那时又想起一个马克司派的朋友同我的谈话。他说：只要能够为社会做事，需要赌博便可以赌博，需要逛窑子便可以逛窑子，需要娶姨太太便可以娶姨太太。我这时，仍然一点也找不出他的话有什么真理在着。我仍然以为列宁只是一个马克司理论者，俄国国民革命实行者。我觉得无产阶级革命并没有实现过，并没有从外面伸进过一只手去救我们工人，这是只能够由我们自己做出来的。

　　然而我现在仍然没有去做工人，虽然因为有许多的反感，然最大的原因，怕还是我只是一个从中产家庭里边长大的士人吧。

　　我如从此不到工厂里去，我的思想便又要回到旧路上去了，人是如何一个机械的动物呵！

　　我现在拿起唐努谙，又觉得很有意思了，虽然我思想上仍在反对他。有一天，我会变成一个颓废的享乐者吗？这——真是不堪设想呵！

　　中国是这样一个东西，是一个从一世纪到二十世纪平面铺开的东西。这里有古代的思想和制度，有部落的战争同土匪，有近代的各样新名词，毕竟是因为遭遇了二十世纪，所以也偶然的有一点新的光。这种种都聚合在一块，真假不分地混和在一块，便做成这样混乱使人们不容易明白，于是便越混乱下去了。

这混乱如何能够清理一点呢？让我们切碎他们的心吧！也许最要紧的工作便是民族心理的解剖吗？这工作已经有人做过一些了，然而人们都不明白。便是那些貌似明白了的，如我们一经把他那真象说明白了，他会给我们显露出什么来呵？

"中国人不是没有聪明，而是没有人格。"我的朋友说了。

"是的呀！中国的腐败，是腐败在国民精神上。不把这内部的腐败弄出来，一切新的东西都会变了颜色。我们每天所骂的，不是都可用这来说明的吗？"我说了。

"让我们解剖民族心理吧！我们虽然不能立刻做得出民族心理的科学，然而我们可以先做些批评，或者感想，甚至于乱嚷！"

人们不高兴看自己的脸，无论你把镜子做得如何亮，那又应该怎样办呢？民族心理的解剖，如终于被那民族心理所拒绝时，那应该怎样办呢？

都想在那里做军阀，所以军阀们便不能够有一个领袖了。这结果，只是军阀的加多。

我不能够不怀疑民团的提倡。当真，民团都变成军队那样时，这不是在南与北战，省与省战，一省之内又张与李战之外，又添上县与县战，村与村战吗？我们如何能够想象会有一个领袖那样复杂的民团的英雄出来呵？

人类为什么喜欢造作出一些没有的东西来欺骗自己，安慰自己呢？中国人造出神，欧洲人造出上帝，然而人永远没有看见过神或上帝。后世人们渐渐聪明了,知道那些是可笑的迷信;然而刚掉开了神或上帝,接着便又造出人类的爱呀,同情呵,人道呀种种变相的神或上帝去代替那原来的神或上帝。人毕竟是很聪明的,他们知道可笑的迷信欺骗不了自己时,立刻便会造出一些容易欺骗自己的东西来。然而,人道呀,人类的爱呀,谁曾看见过呢?那些不仍然是些没有的东西,不仍然是些可笑的迷信吗?如其人类能够相爱,真有同情,他们最初生下来时便该是那样,社会决不会闹着,闹着,一直闹到现在了。人们总希望人类忽然会好起来的,板凳飞到天上去了,多么可笑的幻想呵!

  人们都喜欢幻想,所以上帝便出现了,而且上帝时常又都是好的,虽然他的名目可以换至无数。什么是真理呢?你有你的真理,他有他的真理,究竟谁的是真理呢?不然!真理只是一种幻想,同上帝一样,人们造作出来以欺骗自己的。

  人有吃饭的权利呵!这一句话,对于饿肚的人也适用,对于有钱的人也适用,这不应该是真理了吗?然而有钱的人会以为这是句可笑的话,然而饿肚的人不敢去抢饭吃,然而偷儿会自己以为是犯罪。"我的钱应该一天比一天多",这是有钱的人的真理呵。至于那些饿肚的人呢,他们的真理是什么呢?"世间终有善心人,饿死的是善心人"大概就是这些个吧!是呀!有钱的也是善心人,饿死的也是善心人,人人都是善心人,你还不应该饿死吗?

  美的先生们呵!你向着一些穷光棍大讲其美的性交时,你如何能说你所讲的是真理呢?

  为什么我今天只在想法还的债?河沿上一家门口蹲着的那个人不害冷吗?他的肚子响了没有?世间有多少是这样的人?有债可还,我终是一个舒服的人;舒服的人终是在舒服的时候想他自己的舒服的事!人类的爱藏到什么地方去了?真理!你出来呵!

一天，我想起宽容来，我想了："当我能够宽容的时候我是主张宽容的，当我不能够宽容的时候我是反对宽容的。"我以为这怕是对的——我又在欺骗自己吗？

是呀！当我饿起肚子来的时候，我能够同那些有钱的人们宽容吗？当有人把刀子放在我的头上的时候，我能够同我的敌人宽容吗？

宽容是什么呢？那是一个在平安的境遇里过活的人才能有的一种心理状态。而这平安的境遇又如何不可多得呵！

我当为我着急去呢，还是宽容别人去呢？我当为那着急的人们着急去呢，还是宽容那些政客，学者去呢？

我当一径走上我的路去呢，还是停下来表示我的宽容去呢？

我当宽容我自己呢，还是攻击我自己呢？

人是宽容的动物呢？还是宽容只是人的幻想呢？

就现在说，我对于写字是宽容的，因为我现在能够写字，但有时，我或许要根本反对那文学事业了。

接到一个朋友的信，展开是一些诗样的文字，现在抄几段在下面——

（一）

咬人之臭虫唦

最恨臭虫

臭虫咬人唦

实睡不着

前数月夜唦

都是如此

我心实恨唦

以至入骨

（二）

过了好久唦

没有咬我

何以今晚唦

特来顾余咧

我真莫明其妙唦

臭虫何自来

点灯来看唦

臭虫跑了

惟剩几处红格迹米唦

外并没何

痒唦痒唦

奈之不何

这样一共有八段，下面的无须抄了。另外有一张纸写着，说他接到这样一件东西，疑是我或我的朋友们寄的。并且十二分感谢我们的好意。

只是这样一件事情：我，我的朋友，我的朋友们，我们——我应该怎样说呢？

我常觉着我常在被谣言和误会包围着，我到了那里，谣言和误会也便跟我到那里。渐渐习惯了，也便不以为异。反觉得没有这些，倒还要寂寞些，几乎会忘掉自己是在社会上的，由觉着，大概不只我一个人是这样，同我一样住在社会上的人，想必都会同我享受到一样的礼遇，现在的越发证实了。社会是一个谣言和误会的制造所。

这一个朋友是和我的别一个或者两个朋友打过笔墨官司的。这事我知道,但我没有注意它。现在,我知道,他以为同他打官司的不只是我的别一两个朋友,而是我也在内,所以来信说我们。也许那别一方面的一两个朋友,也未必不疑惑和他们打官司的不只是我的这一个朋友而是我也在内;而也是我们,但这我无从证实。

为什么这东西会成了我自己做的呢?我看我自己的诗,那样可笑的,那样奇怪的东西,而自己不知道。这真是又可笑又奇怪了!

我想攻击一个人,而不做文字发表出去,而偷偷地寄这样一些东西去,我一点也不明白这是什么缘故。

第一因为我好攻击人,第二因为我做过几首诗,所以这东西便可疑是我做的了。而且又是兮字体,虽然兮字体改用了哂字。或者,我在攻击人的文字中用过苍蝇字样,与这里的臭虫也不无关联。这些倒都是形迹可疑,未必是我的朋友怀疑太过。

但我呢,却有时真是一个怀疑太过的人,我现在已在怀疑了。

也许这真是我寄去的吗?不然。何以人会疑我呢?

一个人的过去的行为,谁都不能够记清楚。如果我说这不是我寄的,那不是等于说或者寄过而是现在记不起来了吗?

既然寄去这一件东西,那当然有一个寄的人了。如其不是我时,那末是谁?我自己说不来,也要怀疑别人去吗?与其怀疑别人,倒不如怀疑自己好些,这还不可以证明是我寄的吗?

我把这些诗又拿起来看了几次,越看越觉得同我相熟,得了,自己做的无疑了!

我攻击过名流之类,但还没有攻击过朋友,然这不正是第一次吗?

我何以要偷偷寄去呢？我得想些理由，想——算了，人的行为又何尝是有理由的呢？

那一天我喝多了酒，好像写过些东西封在信里，以后再没有看见。那大概就是这些诗吧？

其实我做过的诗，现在觉得同这些都差不多，再说便是，随便那几首都同这些一样，那还能不是我自己做的呢？

骂人只是骂人，而不是骂谁；做文骂人，做诗骂人，都一样。是我做的了。

恍惚我现在写的这些也都是在骂人，不容辩解了。

反正是我做的，连怀疑都大可不必。但是，我根本便不明白怀疑是一件什么东西，为什么它有那样大的力量，无中生有，使人辨不出真象，时常陷害我自己，并陷害我的朋友呢？我在怀疑一切之上，如何能不怀疑那怀疑呢？

我接着想起许多相类的事实来，但是——我现在懒怠写了！

什么是文字生涯？这是一句很难回答的问话。

白纸上画上黑的条纹，用一分邮票寄了出去，过几天，在一张报纸上剪下来粘在另一张白纸上，积久之后，又印成一个本子。这便是文字生涯吗？

事情有时候是不说还明白一些，因为至少还不至于有太多不明白。写在纸上，反而越引出自己的和别人的糊涂。写一千字的文章，所起的误会常有十万字也不能够辨明的，这便是文字生涯吗？

我要想，故我想，这是可以说的。但是，我要写，故我写，便不足信了。实际上是，我要诋毁人，故我写，无论我如何自信只是写自己的意思，但在那不能同意于那些的人们，只以为那是完全为诋毁他们而写的。这便是文字生涯吗？

　　人有想的自由，因为别人不能知道我所想的是什么。一写到纸上，被别人看见，自由便失却了。有人会以为你在诋毁他，或者你在摹仿他，这便是文字生涯吗？

　　人们不去看文字的意义，而只看文字的派别。其实派别是不容易说定的，一个人有一个人的派别，一篇文章有一篇文章的派别。但人们只知道红之不同于绿，而不知道红之所以为红。这便是文字生涯吗？

　　做文章实在太没有意义，然又不时要去写，写时觉着无聊，写过后仍觉着无聊。这便是文字生涯吗？

　　你想卖稿吗，请准备着饿一半肚子！这便是文字生涯吗？

　　别的话，现在简直还说不到，磨刀只不过切菜而已，现在是这样。

　　我不高兴写文字，我现在写文字——生活便是这样。

　　世间的陷阱真是太多了，一个人随便走路，都会掉在陷阱里边。你走到什么地方，会看不见"太公在此"呢？我吗？我老早就知道而且决定了在陷阱中生活的了。所以陷阱的增多，在我倒成为享乐的需要。

　　什么是胜利呢？当我的采集囊中装满了失败的时候，我是何胜利呵！

　　当我收获到多量的痛苦而疲倦到睡眠的时候，我是如何享乐呵！

　　我为什么要讨厌蚊子的叫呢？蚊子生来便只会那样的叫，它自己何尝会想出较好的办法？虽然叫得讨厌，使空气都会被讨厌化了；然空气不又本来便只是个空气吗？天地间有蚊子，一错于是错到底,天地本来便只是这样个天地!

一面是一些到处碰头的人,一面是无穷的陷阱,两者组合而成为完美的世界!让我祝福这世界吧,一朵美丽的花,上面画的是红的条纹。

我每天嚷着要离北京,但我直到现在还没有离了北京。如我到车站去时,我只是去送我的朋友。

为什么人们都以惊奇的眼光看我们呢?这只是因为我们没有像他们那样死人般的规矩吗?一句话出去,应该在空气中震动到多么大的圈子?走路时足应该抬几寸高,应该一步迈多么远?可惜古人们没有科学的知识,所以《礼记》一类的书做得太简单,使我们欲从而无所适从。

车站上也一样,因为他们是一样的人。

我的朋友们走了,我所想说的话一句也没有同他们说,我只是同他们捣乱。此后送朋友时,我不应该再喝酒了。

一个要奔波去,一个却要去隐居。然奔波是有的,隐居我却有点怀疑。

"世界不只是一个吗?"我曾以此质问过隐居者。

"一颗心可以分开好多瓣子!"隐居者对我说。

如我们的话都对时,谁能够去隐居呢?

其实,连心都是假的。人类没有心。好多瓣子只是好多的反应,谁能够去隐居呢?

两个朋友都奔波去了,我送他们行,我何时才能送我自己行呢?

但我到黄浦江上时,我的朋友又要放洋了。我将终是个送行者吗?

《狂飙》的广告登出去快有一个月了,还没有出版,这使我们对于几个爱好《狂飙》的朋友非常抱歉,卄封的欲擒更是屡次来信问及《狂飙》,直到现在我们还不能用事实的答复以报他的好意。我觉得我们对于《狂飙》实在太不热心了,实在对不住热心的朋友。

　　不过是一百有余页的一个册子,本来计算至多一个月还怕出不了版。谁知到现在,怕还得等候两个,或者三个礼拜的时间。计算是以直线进行的,事实却常走的是曲线,所以事实常是赶不上计算。但是我的不热心,也许还是《狂飙》迟迟出版的最大的原因。

　　一面在办一件事,一面又觉着这件事实在没有办的必要。我爱《狂飙》,然我其实是憎它的时候还要多些。因此,本来一天可以校对了的稿子,偏要延长到两天三天才去校对,有时候,简直觉着索性把它停在印刷中,倒还痛快一些。为什么在现代的中国去办《狂飙》呢?这个疑问,我是答不上来的。虽然人们大抵讨厌开倒车,然开倒车其实是适合于社会的需要的。其次,便如顺风转舵,这常是最时新的工作。这些,我们都不能办到,于是我们便逆流而上了。对人对己,两无益处,多么无意义的逆流而上呵!如能沉没下去,倒也落它个干干净净,然我们自己及我们以外的,谁又有那么大的本领呢?

　　亲爱的读者们(?)呵!请原谅我,我不能再往下写了,笔头触怒了我,我要出去了!

　　我到了我的朋友培良的屋里,他在围着被窝读《拿破仑本纪》。

　　"林纾太糟,把拿破仑写得一点生气都没有!我倒是喜欢文明书局出版那本《拿破仑外传》,总还不至有太多的反感!"我说了。

　　培良今天很高兴,他把大氅当了五元钱给了公寓四元,剩一元可以喝酒了。但他找不见那一元钱。

"你破产了！"我说。"《闪光》收回的钱还有，我们索性都喝了酒吧！"

培良每天想喝酒，他想把他埋在酒里边。我吗？我今天同一个朋友在别一个朋友家里吃晚饭，我本想要酒喝，但终于没有要出口来。找了半天朋友，只找见一个，而且还同小书店生了好多气，还不喝酒待甚？

我们喝酒去了。路上培良说："我们改天找郁达夫喝酒去好吗？"我说："说不定，郁达夫已在以敌眼看我们了。"

喝了酒，我们出来在一个摊子上每人吃了一碗荞面条。我想起家乡来了。我没有再吃过比家乡的更好的荞面条。这只让高歌占了便宜，我怕今生不能够再享那样的幸福了！

说着，我们到了东安市场，茶楼上已经收摊了，我们只得走到东边平民院去。小茶馆也都关了门，只剩一家说书的屋里亮着。我们走了进去。

"嗡嗡嗡！"说书声音在响。

"拍拍拍！"说书者的扇子的声音在响。

我们走出来时，我说："你想听说书的声音吗？夜壶里满了尿时，把你的手杖在里边唿嘟几下，再像没有了。"

"这些可笑的东西，在社会上的势力可大得了不得呢！"培良说。

"有势力的永远是那么一类东西。"我说。

出了市场，我们在街上大说大笑地走着，后面有了笑的反响。我听得那笑声很熟，而且还听得出那正是在笑我们的。回看，可不是东安楼上的伙计吗？

"你们从那里来的？"伙计问。

"我们喝酒去来着。楼上为什么收摊那样早?"我答了又问。

"九点钟早收摊了。"伙计答。

"你到那里去?"我又问。

"前门外逛去,一同去好吗?"他答了又问。

"我们不高兴逛,我们只会喝酒。"我答。

"只有郑先生老实,他也不过是二十岁吧?"伙计问。

"他才十八岁呢!"我答。

"他老实,说什么,他只是笑!"伙计说。

"我鄙视你,我看你不甚一块石头!"我心里辱骂我们的邂逅相遇的朋友。

"回见!"

"回见!"

"他们不知道用什么心想我们呢!这是一个问题呵!"培良几乎有些慨乎其叹了。

于是,我们便又谈起我们照例在最无聊的时候所谈的话来:"我们丢掉了笔杆吧!"但仍然是没有谈出如何丢掉的方法来。结果便成为——

我又继续做《槟榔集》了——是培良的话。

《莽原》上我还是做我的《弦上》,有时候来一段《弦外余音》,或有时来一首《给——》,但那太无的放矢了。我们真没有办法,只可向空中说话。——是我的话。

人们反以为我们在骄傲呢!

洪水——我明天只可向空中说话了吧?

我的洪水在泛滥呢!

弦　上

序言[1]

　　让我把这支箭,射中你的心窝! 不偏不倚,从你的正中,迸出鲜红的血来!

　　如其你被创之后,堂堂正正地能站立起来,朋友,恭喜你,你已成为一条好汉了!

　　如其你没有声响地倒地而亡,那也没有什么要要紧,因为这也正是我所希求的!

　　"顺我者死,逆我者生!"暴躁的箭在未发之前如是咆哮。

　　躲过了箭的人不幸呵! 他将在不生不死中偷度其残生!

　　人是时常负有创伤的心与身的总和。如其你只愿把你的躯壳养得肥胖,让你做猪子去好了。专门预备了肉给人吃的动物时常是肥胖的,箭所无须射的动物。你可怜的猪子呵!

　　但是,我的箭,将不徘徊于估价,不复顾忌于无须。他有时,为不肯轻于饶恕那些逃脱者,且将无的而放。

　　"放射! 放射! 不知其他!"张弓待发的箭如是宣誓。

---

[1] 原载《莽原》周刊第9期(1925年6月19日)。

一　病中呓语①

打死几个中国人，在英日蛮人的眼中，算不了一件事情，也值得大惊小怪？

大惊小怪，也止于是排外而已！只就这个"外"字说，便有多么冠冕堂皇，可以把一切罪恶藏得痕迹不露！而这个"排"字又确乎可以给中国人的义举加以适当的罪名。

我们真昏透了，我们不知道这个"外"有什么"排"的价值！

我们虽没有人的力，但不是没有人的心。如其有什么东西对我们以非人的态度时，我们便要毫不顾忌地起来反抗，或者说是排。但我们排的不是外，而是出乎内外之外的"非人"！

英日的蛮人呵。如其你们不满意我们的排时，那你们便干脆剥下你们的鬼脸，让我们看一看，在羞耻中抽缩的人的面皮！

中国的命运，本来无时不在风雨飘摇之中，只因人们□得久了，且又是些除了自己的利害不喜欢管闲事的人们，所以表面上反像是太平无事似的，大学者们可以幽娴贞静地埋头于国故，大学教授也来主张看戏逛窑子的正义。但到一有事变，则潜伏在人心里的羞愤，也便压迫不住地发作出来。然这有什么用处呢？至多，也不过表示中国人还有一小部分有一点人的感情罢了！其结果，也只是流一些血，到人们疲倦的时候，一哄而散。于是，人们便又都把国放在脑后，便又没事似的敷衍他自私的利益去了。这样下去，非亡国不可，无论下次事变表示得如何热烈。冲动是可以临时叫起来的，力呢，那便非平时准备不可。中国如没有一部分人——人多当然越好——能够把爱国的感情时刻留在心里，救国的责任时刻挑在肩上，则亡国吗，是一件平淡无奇的事！

①原载《莽原》周刊第9期。

就目前而论,确实可行的,自然是经济绝交。自己经济不发达,而至外货充斥,平时不去寻法补救,到事变来时,才嚷出以图抵制,已经是可怜透了的平庸的下策!但即此下策,也必须实行下去才行。大家如有记性,则应该知道,抵制日货,已经嚷过很多次了,而直到现在,还得从头嚷起!中国无论什么到了,临时,非得从头不可。如其要同英日宣战,则现在,便须从头练兵,从头培养军事人才,从头教育爱国的国民,而毫不迟疑的敌人,早已在那里立刻开枪了!况且从头,又何尝真的从头过呢? 从头做起,便一定会有个落结出来,但落结在什么地方?

战争是力与力的比赛,无力者呢,不战而已败矣!中国无时不处于败的地位,不须战争而始知也。如欲转败为胜吗?则这必须时时刻刻努力以图自存才行!如始终闲在平时,忙在临时,则忙呢,恐终不免于在亡国史上,只添一二比较可看的点缀而已!

二　救国声中[1]

沪案的发生,至少也给大家以一个做文章的好题目,于是《京报》[2]副刊便无形取消,不得不变为三种特刊。做文章,说得正大一些便是宣传,这当然是好的。但是这样一来,便令人不由得发出几种疑问:副刊是不应该谈救国的吗?爱国志士们的文章必须要办特刊才可发表,每种特刊又必须要一个团体去主撰吗?为什么爱国志士们在发表文章上都要此疆彼界?当真如或人所说,或更变本加厉,一有爱国运动发生,文学思想,立刻便成为无用,而应加以

---

[1] 原载《莽原》周刊第10期(1925年7月3日)。
[2] 《京报》,近现代著名报纸之一,1918年10月5日创刊于北京,由邵飘萍主办。

取缔的吗?

在诚恳中奋斗的少数的朋友呵,祝你们永远奋斗下去好了,不要问目前的结果! 目前的结果,太使你们伤心了!

在世人呢,这是一个机会,他可以趁此而恢复其所失掉的,而攫取其所欲得的。

你们太匆忙了,无暇去听新鲜的笑话,朋友们!

野心家要想起来了,他们想借此而据得要位,但终于被人看破了。

卖国者也大嚷其爱国,他们想借此而粉饰他们下次的赃物。

学者们快乐呵,他们可借此而排斥异己。

代表们快乐呵,他们的宿愿已经达到了。

复职的也复职了,因为你们中了他的调虎离山之计。

爱国诗人出现了,他已不是从前的抄袭诗了。

奋斗中的勇士呵,祝你们永远奋斗下去好了,不要留意于这些笑话! 将来的笑话多着呢!

流血也好,伤心也好,这在他们呢,都可以在同样的算盘上做出买卖来。三加二等于五,总可以算出下次的赚头。

"你们这些傻子!"老板们于中取利之后在冷笑你们了。

但是,谁们能做永远的傻子呢,这是你们傻子自己的问题。

长久之后,傻子将要一变而为聪明人,聪明人将要纳罕了。

做永久的傻子去呵,你们真的勇士!

暴发户要出来了,待事情结束之后,让我们打回一批投机者去!

公理是与强权对峙的吗? 不然? 是有两种公理。

强者战胜弱者,这是人类历史上一脉相传的公理。中国人呵,如你不去做强者时,请你也承认了公理吧!

当善的力战胜恶的力时,第二种公理便出现了。但这还没有产生过,谁愿意创造它去呢?

三 给反抗者[1]

你疲倦了吗?你在失败中呻吟了吗?你以为一切都不可为而倒在墓旁睡着了吗?你的自负的喉咙里不自觉得嚷出"我没有力量了"吗?

你假装的反抗者呵,请从衰弱中看见你自己吧,朋友,力量在寂寞中讥笑你了。谁是力量所寄托的人呢?力量是猛进的,坚决的,不回顾的,永久自乐的,谁是真的反抗者呢?

"我永久是寂寞着,谁曾做过,谁将愿做我的寄托者呢?"朋友,力量在失望中发叹了!

你不曾为了要杀一个人,而投降过别个敌人吗?你不曾被小敌所败,而便见大敌而却步吗?你不曾因为无人同行,而停止过自己所应走的路吗?这些正是你的罪状,你诚实的弱者呵,请招认了你的口供吧!

你说,一切人都不足与有为,而你也一般地躺在那里。朋友,现在是你应该讥笑你自己的时候了。

有敢以一人而敌全世界的吗?有在百败之后,而仍欢快地去赴最后的绝地的吗?

弱者说谎而流涕了。强者呢?我从你的求友的哀鸣与退缩的脚踪中而认识你的真的形象了。

真的反抗者出来呵,请你把力量与了世界!

[1] 原载《莽原》周刊第10期。

四　我有歹意了①

"给我二百元钱,我卖给你我的身体!"一个女子在路旁嚷了好久,渐渐有四五个小伙子围住了她。

"一百元钱好吗?"其中的一个像识价地说了。

"我愿照给二百元但须一年后付钱。"第二个说。

"嘘!嘘!嘘!"其余的,狗叫了几声,急巴着眼睛要走上了去。

你在换主儿吗?你货物?

你曾被家庭卖给姓张的,他也配,区区一个姓张的呵!

卖身是对的,但必须要自己去卖,你聪明的小姐呵!

二十元吗,三十元吗?没有那样便宜货!现在呵,货物知道自己去定价了!

你不必哭了,买主多着呢。这个不合适时,换一个便好了。

也许你仍然是被卖的吗?被谁?我太孩子气了!

我愿给你二百元,奉还你的身体,但可惜我囊中空空的呵!

空是可诅咒的呵!但我的囊中如实时,则你便会空了,我也许会害了你,空是可诅咒的呵!

我也曾做过强盗,但终于改业为善了,所以落得空空的。但我现在又想做强盗了。

我在说谎呢,其实,我一向不曾有过钱,且将永远穷下去,你倒不必着慌!

我被骗了,虽然没有失掉钱。

看见有人倒时,我应该踢他一

---
①原载《莽原》周刊第10期。

脚。可惜我做错了。

小伙子们的饿眼含毒射人,我有歹意吗?
小姐的泪眼合毒射人,我有歹意吗?
我愿使主人穷如货物,我有歹意吗?
我愿使货物变成主人,我有歹意吗?

滚你们的,昏透了的人们！我将奉以无所有而送你们于死！

五　萧友梅与音乐家①

艺术家时常是反抗者,在欧洲是如此。中国被人认为艺术家的呢,却只有梅兰芳之流,这是中国人的精神的堕落!

萧友梅先生是从欧洲学过音乐回来的,论理应该高明些。倒难为他,艺术没有学的什么,中国人的精神却保持了个分文不漏!

有精神高尚的人而看见萧先生同另几个人上执政书的吗？这不是关于一个校长问题的上书,这是萧先生对于他的音乐的广告!

如其倍多文没有一副伟大的精神时,德国便决不会产生倍多文的音乐。法国的罗兰呢,那是法国的深于音乐的造诣的人！中国则无须于此,中国有梅兰芳便足够了。然而,梅兰芳不死,音乐家将永远绝迹于中国!

听说北大学生问过萧先生,说他对女师大事件主张太不公道,不怕有人骂吗？萧先生慨然答道:"骂有什么要紧,只要不提出名字便好!"但我在这里,虽然题目上一早便提出萧先生的大名,然我却只是对于中国的音乐前途发表我的一些哀感罢了。萧先生个人呢,我以为,并没有要人骂的价值!

① 原载《莽原》周刊第 12 期（1925年7月10日）。

六　面子与爱国[1]

中国是好讲面子的,为了这个面子的缘故,也不知道有多少好的事情被推诿过去,坏的事情被保持下来。但面子的功用,似乎便只有这一点。如其为了"争面子"的缘故,而希望中国去爱国,真是"太不观察事实的幻想"。

爱国究竟对不对,思想史上也曾有过很多的争辩,我的意见,却以为,如其为了爱人类的缘故去爱国,则爱国应该是对的。但也有人以别种理由去作爱国之肯定,如"争面子"者,亦其一也。

但气节而不能使人爱国,人格而不能使人爱国,物质方面的利害而不能使人爱国,区区如面子者,独能使教书匠不嫌其太冤枉而去负国家强弱存亡的责任,使拉洋车的与坐洋车的都易于感化,小铺子与大财主也忘其悭吝,冷血的忽变热,而去同外国人火拼,而去入不得不入的地狱,而去赴明明知道的牺牲吗?我恐怕,中国人虽然是好讲面子的,却还没有讲到这样程度。

如其争面子都不能使中国人爱国时,则——我们的评论家真要穷死了!这是几千年的"老,大,古国"的耻辱!

我们自然希望中国人此后能有"许许多多的思想感情",但不得已而思其次,我们也希望争面子主义慢慢地"打进国民的头脑里去",使下次,或下下……次,到不得不作那"不是什么有趣味的事"的时候,有不少平常人挺身去干,我们更希望那些干的人中,有一个是投笔从戎的西滢先生。

---

[1] 原载《莽原》周刊第12期。

七　新文学中的新发见[1]

新文学时常受人的指摘,是应该有的事。所指摘的,如"花呀,爱呀,"浅薄呀,虚伪呀之类,这些都是实在的情形。但新文学中忽然又有了"罗素说",而且具有极大的魔力,却是新文学上的一种新奇的现象,也是孙宝墭先生的一个极大的新发见。

"孔子曰"在旧文学里究竟有多大的魔力,我们还不容易说定,因为旧文学究竟有多大的范围,我们还不容易说定的缘故。——也许天算之类,也是其中的一部。但那是一种极大的魔力,却看了孙先生的文章便可以知道。真奇怪,新文学里出现了这样一种大魔力,连研究文学的人们部(都)没有觉察,直到孙先生做"罗素算理哲学"(《现代评论》二十七至九)的时候,才轻轻地把这个消息带了出来,只此一点,文学家们也就该骂了。

但这话究竟说得太奇怪,比那种魔力的出现还要奇怪,奇怪到使人不能相信。孙先生是不是便是他所骂的"说谎媒婆"中的一个呢?这便成为问题了。

可是,我们还愿意宽慰孙先生一下,不幸而竟成说谎时,倒不必怕有人加上你一个造谣的罪名,因为中国几乎是人人如此的。

我现在倒想起那位"拮屈嗷牙"的爱罗先珂先生。

八　我的命令[2]

你如曾从英国跑过一趟,而想在文坛上出一出风头,你便可以开口一个莎士比亚,闭口仍然是一个莎士比亚,这样你可以立刻成为一个莎士比亚专家。莎士比亚的作品有

---

[1] 原载《莽原》周刊第12期。
[2] 原载《莽原》周刊第13期(1925年7月17日)。

什么好处呢？自然会有不少的人来请教你的，你只要说，那是经过几次推敲，几次修正的，也便够了。如你还想卖弄你的学识，那你也只要说那是怎样好，怎样好，便得。记着，你无须担忧，你只说怎样两字便行，并不须真的要说出是怎样来。你如想作一个惟一的专家时，那也没有什么难办，你只要说别人不配谈莎士比亚，你便可以成为一个惟一的配谈者！你真的配吗？你最好还是不要反省，假装过去便好了，不然，受苦没处诉。

你如没有什么文章可做，你可以声明你是主张制育的。并且你可以宣传你的主张，使天下更无文章可看。但你如偶尔高兴，也不妨做一点出来，自然不会高明，但寡妇尚可养孩，养孩尚可流产，而况区区制育论者呢？

你不要自己去动手翻译，小心丢脸。翻译错误，是下流的勾当，是犯罪。你只要指摘一点人的翻译，便可以显出你的外国文学得如何漂亮。

你可以说你家的狗吠起来是英国吠，这样，你的英文便显得漂亮无比。

你如怕别人说你的话是废话，你可以先塞住别人的嘴。自然你没有这样本领，说的仍然要说。但也可以瞒哄你自己于一时。

你谈起一点什么时，最好先捧出一个什么水平线来，这样，你可做成功一个批评家。也许水平线并不认识你，但也不妨胡乱敷衍一下，好在水平线也未必认识别人。

过几年，你也许要摸不着头脑，觉着他们都不对了，你从前有些太取巧。但那也不要紧，到那时你另换一套便好了。反正取巧是可以得胜的，需要时，你正不妨一天换他一套。

你大可把你的文坛藏起来，不要让人们看见。你如一次想做文豪时，便吃一碟王尔德欢喜吃过的菜，你报告出去，你便是唯美派文学家了。或者,你偷偷地站在你的文坛上,像念念有词似的随便咕嘟几下你的嘴唇,你的文章便会做得如何幽默。

你说话的时候,总不要忘了提起你的学生,你要装出自己活像一个先生的样子,你的身价便可以特别地高。

摆架子,装门面,处世之金针也。我今赠给你,一生吃着不尽矣。去吧,宝贝们!你们将要为世界生色不少。

忽然想发命令,但连小学生都没有的我,将发与谁听呢?人生之大不幸,盖无过不当教授者矣!然教授犹可以不当,命令则不可不发,发出去便得了,听不听,谁管得他妈的许多!况且,没有人听,或正是我的幸福。

九　识时务者[①]

我们的古人说过,识时务者,是为俊杰。现代呢,我们已苦于俊杰太多了。

外国有一种叫做潮流的东西,一流入中国,便变形而于时务,一时趋之者若鹜,因为我们的俊杰太多了。

我们的俊杰实在太灵巧了,可以随所遇之不同而化为种种形式。从前民党得势时,虾蟆蝌蚪,没一个不隶身党籍,及至倒霉之后,俊杰们便又相率而赶在袁皇帝的屁股后头去劝进了。但那时,也有看出皇帝的破绽,先时而高揭倒袁之旗帜者,是又俊中之俊,杰中之杰矣。现代呢?这些自然都秋扇见捐,流年变了,于是三民主义,共产主义,安那其主义,一时都应运而生,而备新的俊杰选制口号时之采择。然也有眼光较近者,眩于一时之气焰,仍然奔走于军阀官僚之门下,拜门生,称干爹,而自命俊杰者。而新的俊杰便又群起

[①] 原载《莽原》周刊第 14 期（1925年7月24日）。

而骂之曰走狗,又何其度量之小呢!

从前出现过一种报纸,便叫做《时务报》①,一时很受人欢迎,现在流传得越发广了。这报,也许会有一天普遍至全国,使我们恪遵古训以与国而偕亡。这有什么要紧呢,时务也有了,俊杰也有了!?

传说中有一个妓女,能干得很,我们现代的俊杰还没有赶得上她的。

朋友五人,同时爱着一个妓女,而没有互相碰过头。一天,他们谈起他们的幸运来,才知道他们所爱的原来是一个人,而各人都以为他自己是真的被爱者。这便应该实验了。他们一天摆起酒席,把妓女叫了来,团团围定坐了。酒酣之际,他们便问,究竟谁是她的所爱者呢?妓女用右手握住一个的手,左手握住一个的手,右足踮住一个的足,左足踱住一个的足,努着嘴向着对面的那一个道:"那我还是爱你!"于是,五个朋友都高兴得了不得,以为自己是得胜了,而各各都不肯说出。

投机,骑墙,三花脸……种种方式都有了。然面面都到如此妓女者,还没有看见过呢。有愿集俊杰之大成的吗?观于此,当知有所取法矣!

十　笔头乱跳②

他们在那里闯关,好像没有声响了,这使我着急。

关是铁做的,我们从远处一望,看见那一个黑的,那便是关。

失败是没有什么的,我希望他们失败之后能够保全着刚健的身手,以图再举。但这是如何难得的希望呵!

---

①《时务报》,清末维新派的重要刊物之一,1896年在上海创刊。
②原载《莽原》周刊第14期。

闯进去吗？也许会永远出不来，也许会变成了铁，铁的力量太大了。

也许已经有闯进去的，但我现在所看见的，仍然是完全的铁。

他们叫喊着，但像是呻吟了。

他们前进着，但脚步乱了。

我们欢呼着，但像被吞下去了。

他们休息着，但像是死灭了。

我太偷懒了，我只是叫。

叫呵！一切都是空虚。

叫呵！一切仍然是空虚。

叫呵！空虚，空虚，空虚……

"你好便得了，何必骂人！"

"你太莫名其妙了，我们不懂！"

"有趣，有趣，这一段！"

苍蝇们在发议论了，大抵是舆论。

印刷机轧轧地叫，饿了。于是而笔头乱跳。

脏！这是机器拉下的矢，有碍卫生，先生们！

传单说，你要宣战，好的！但我的枪在那里呢！

广告说，赛金刚来了。我又不是地方官，谁要你报到？给我相面吗？一副凶相，我知之已久，不劳驾！

一个人所需要的，不是六尺地，而是全世界。一个俄国人这样地说了。

但我们的人呢,却是,只要转一回圈子便够了,或者偷空儿在别人的脚上踏一下,这是多么知足而且知机的哲士呵!

然找的世界,也便割裂而成为许多许多的圈子,我便落得赤条条地了。于是而我只剩下笔头乱跳。

笔头外,还有能跳的吗?请从我身上跳过去!

十一　两败俱伤[①]

这次女师大停办的消息,《晨报》[②]总算是比各报先一天传出来了,好个消息灵通的报纸,也许比消息的产生还知道得早吧?

它很得意地说:杨荫榆同学生两败俱伤了。这好像是含有警告的意义:看!你们反对校长,你们自己连学校都住不成了!

杨荫榆的败,已经证实了。用威吓而败,用阴谋而败,用武力而亦败。滚蛋之后,只余后悔,的确败了。

但学生的败在什么地方呢?在杨氏统治之下无教育。即便停办,也不过仍然是无教育罢了。如其有所失掉的时候,则失掉的也只是杨氏的家庭,这正是学生所需要失掉的,如何能谓之败?

打破家庭之后,能不能找到真的学校,有社会在那里支配着,不是几个人的能力问题。这只能够显示:如社会不允许真的学校存在的时候,应该如何去打破那阻碍教育的社会呢?停办学校,只不过证明杨荫榆之外,章士钊是更应该驱逐的罢了,更无所谓败。

研究系是代表中国一部分黑暗势力的,无论那一次黑暗运动,没有一次研究系不从中捣鬼,而它的大本营便在明暗不分的所谓

[①]原载《莽原》周刊第17期(1925年8月14日)。
[②]《晨报》,民初著名报纸之一,初名《晨钟报》,1916年创刊于北京。

教育界。如这次女师大的风潮,没有这一般人在杨氏背后手指脚画,又何至闹到这步田地?事实表现得很显明:如想到真的教育,章士钊之外,研究系是更应该毁灭的了。然这也只是奋斗的范围的扩大,无所谓败者。

牺牲一切,面对着失败,至少,这次女师大学生的运动中含有一部分这样的精神。即便真的两败俱伤,又何足馁战士之气?中国何事又不是虽然两败俱伤而也无可顾惜的呢?然在以狗头做头常想于中取利的人们,则永远不能够明白这一点!

十二 造谣与更正①

九日的《晨报》载有女师大校务维持会职员名录,我看了很觉离奇。后来我遇见其中的一个"职员",则说并无其事。我们知道又是《晨报》在那里造谣了。果然,次日便一连又登出两封更正的信。《晨报》记者果真发了昏,为什么只往外昏不往里昏呢?

虽然,造谣者,恶劣的新闻记者之惯技也。假使不造谣,报纸上还有新闻可登吗?只累得更正者们麻烦透了。这须要有一个根本的办法才行!

十三 阅《晨报》章士钊与通信社记者的谈话之后②

学风吗?古文吗?逻辑吗?一切都退还原处好了,假面具是戴不住的!好官我自为之,连做坏事的勇气都没有吗?

学校"闹潮",解散了便好了!来一个解散一个,到一齐都解散了时,正可做你太平无事的教育总长!

你是抱着牺牲主义而来的吗?好个漂亮角色!现在呢,你牺牲的时候早已到了,你第一是应该先牺牲了你的教育总长,虽然至多

---

① 原载《莽原》周刊第17期。
② 原载《莽原》周刊第17期。

这只是等于你一无所得!

停办女师大,原来是因为无法解决的缘故,那你还做教育总长干么,这便是你平昔所抱的主义吗? 否则,你的主义已破产了,现在是该你辞职以谢国人的时候了!

是整顿教育呢? 是牺牲教育呢? 看《晨报》记者给你夹注得多么光芒辟射!

说人话要做人事,要辞职干脆辞掉好了,只不过一件不平稳的兼差呵! 否则,我知你有一天必且滚蛋也!

十四　论"论是非"①

去年便听说过《洪水》②的出版,当时很想找几份看,但终于没有找到,时光过得很快,复活的《洪水》,现在已放在我的案头了。

正因为所期许者太过,所以不满足的地方也便特别显露了。我现在所要说的,是关于霆声君的《论是非》那一篇文字的几句话。

"只有好的才是好的,只有坏的才是坏的,"这样主张,怕没有人会以为是不对。但这也正是一切人的主张。没有人会以为只有坏的才是好的,只有好的才是坏的,或者,只有红的才是好的,只有绿的才是坏的。如是,我们便拿这只有的好坏作批评好坏的标准,自然不会弄错的了。我们且批评一下看者——

譬如:古今中外新旧,既然是实有的了,我们要批评一下,究竟是古的好呢,今的好呢? 中的好呢,外的好呢? 新的好呢,旧的好呢? 我们便回答道:只有好的才是好的,只有坏的才是坏的,或者,好的是好的,坏的是坏的。这诚然是对的,然我们并不能由此而知道究竟古的,今的,中的,外的,新的,旧的还是那一样是好的。那

---

①原载《莽原》周刊第24期(1925年10月2日)。
②《洪水》,创造社的刊物,1924年8月创刊。

我们便应该再进一步了,这便是——

譬如:我们只以中外作例,究竟是中的好呢,还是外的好呢?我们先定好批评的标准,是好的是好的,坏的是坏的。我们于是去批评了。如其中的好呢,我们便说中的是好的。否则,外的好呢,我们便说外的是好的。但这,在霆声君看来,好像是错了,这好像是用了地位的区别来作批评的标准了。

"一个时候的东西可以有好的,但也可以有坏的,"这话谁也不能否认。但是,当我们问道:这个时候的东西好呢,还是那个时候的东西好呢?这时,我们要知道这两个时候的东西究竟是那一个的好,我们如何能说:"一个时候的东西可以有好的,但也可以有坏的"呢?

在事实上,常有一些地方的区别放在那里,这区别应不应该有,不是我们现在要讨论的问题。当我们说中国的时候,意义是在指着地球上的某一块地方,当我们说外国的时候,也是如此。譬如:我们说到文学的时候,我们要问究竟中国的文学好呢,还是外国的文学好呢?这里所说的中国的和外国的,只是事实上的一种区别,决不能因此便说我们是在要拿了地方的区别来做批评文学好坏的标准。——正如说,《洪水》是上海的一种出版物,这是在北京的人也承认的,在上海的人,而且在霆声君,也都承认的。——而且,我们的标准也已经定好,只有好的才是好的,只有坏的才是坏的,于是我们便来批评了。这自然,我们是要说,中国的文学好,或者外国的文学好,只有这样才是批评,因为只有好的才是好的。我们不能说,中国的也有好的,外国的也有好的,或者,中国的也好,外国的也好,因为这不能解决我们所要答复的问题,这不是批评。在这里我们还应该知道,如其我们的答案是中国的文学坏,外国的文学好时,没有人能够曲解我们是在说,柯南达尔高于屈原。

从有了古今中外新旧之分，便有了古今中外新旧之争。而各人又都以为"只有好的才是好的，只有坏的才是坏的，"而有一等人说，只有古的中的旧的才是好的；有一等人说，只有今的外的新的才是好的；而且还有一等人说，古今中外新旧也有好的，也有坏的。于是便形成为"尊古"、"崇洋"、"妥协"三派。我们如要批评这三派的得失时，那我们便要问了：究竟古的好呢，洋的好呢？还是古的洋的都好呢？在我们答复这个问题之前，我们不能判定那些说古好的便是尊古，说洋好的便是崇洋，因为这"尊"与"崇"的字样，都是由成见而来的。我们于是定好了标准，只有好的才是好的，于是我们便说"尊古"的好，或者"崇洋"的好了。至于第三派呢，我们可以说他没有成立的价值，因为他没有尽了批评的责任。即如，当他批评那"尊古"与"崇洋"两派的时候，他不是应该说，"尊古"的也有好的，"崇洋"的也有好的吗？况且，我们在批评这三派的得失之前，我们已经采取的是反对妥协的态度了，否则，我们不是应该说，这三派中那一派也有好的，而不需要批评去吗？再则，我们批评的结果必不出于"尊古"与"崇洋"之两途，然我们不能承认我们是"尊尊古者"或"崇崇洋者"，正如妥协派之不能承认他们是既"尊古者"又"崇洋者"一样。

我的话在这里要暂且停住了。然我们已可知道霆声君的议论实在连自己的论据同论点都没有弄得清楚，而如果他也在同他所反对者取同样的态度，张百石之弓而想射死一切敌人时，则他怕还不只（至）于弓弦寸断已吧！

此外，则霆声君所举的那两派反对者的例，有些不符事实，这也是批评者所不应该有的态度。

我愿意《洪水》真的做成中国思想界的洪水，因为这正是我们现代所要求的呵！但是，如这样妥协的论调，则决非我们所希望于洪水者!

十五　苍蝇及其他①

秋天来了,我的屋里已不再看见苍蝇。这原不是一件什么憾事。

无聊,便拿起《晨报附刊》来看。听说是改良了,还不是如一般之所谓改良吧!《附刊》本来便不容易办好,何况又是徐志摩,一个恶劣的话匣子呢?

看下去——话匣子在动作了。办,为什么,想怎么——不会有的事!

话匣子动作下去——刮刮,肥料,刮刮,陈通伯,刮刮,流行病,刮刮,油话——话匣子也生油了!

接着便是……

秋天来了,我的屋里已不再看见苍蝇。这也未始不是一件憾事吧!

水平线,思想的事业!你们如何不幸呵!

大海══行潦,行潦便假充大海了。行潦外,世间便能更无水吗?

过几年,也许有妓女而假充思想家者出现吗?中国的思想的事业呵!然而,这只是话匣子的事业!

秋天来了,我的屋里已不再看见苍蝇了!

① 原载《莽原》周刊第 25 期（1925 年 10 月 9 日）。

花园之外

诗人[1]

诗是生活,不是技巧。

假的诗人只想从模仿,做,写中求得诗,所以他们终于是迷途者。

先有行为:诗人是人生的实行者。

诗人的人生,不是自我的利害,个别的琐事,而是人类全体的生命。

诗人诅咒罪恶,非根据法律第几条,而为由人性的深奥处所破发者。故世间无单独的罪人,一切人类是犯罪者,现实便是人类犯罪的证据。

诗人歌颂理想,不出于理智的判别,不出于刹那的幻想而为由人性的深奥处所开掘者。诗人是人类的灵魂的探险家。他不能满足有不能被他透视的隐蔽的真实。

光明藏在黑暗的下面。诗人是光明的嗜好者,也是黑暗的嗜好者。诗人对于一切,不取躲避的态度。诗的自身便是最高的勇敢。

诗人读别人的作品,只是要从别人中看见自己,不含有下级的研

---

[1] 原载《莽原》半月刊第 5 期(1926年3月10日)。

究的意味,研究是①懒惰者偷窃的勾当。

行为的本身是创造的,人不能够偷窃别人的行为。诗人站在人类的上面,同时又站在人类的下面。但他决不与庸众妥协,委蛇而周旋。

诗人是敏感的,社会是跛脚的,真的诗人必不为社会所了解。诗人所明见的未来时代的真实,在社会是疯狂者的呓语。

诗人的行为,在社会必常以怪诞目之,诗人常成为人生的奇装异服者。

诗人是神行者,他常背负着时代的运命向辽远的前面蹬进,但他所背负者毕竟是太重了!

一首好诗,一定是当代文化的最高点。它需要科学,革命的合作而完成人类的使命。

诗人是人类的一首好诗。

一九二五,十一,二十八

赞美和攻击②

愿你时常需要攻击,而不需要赞美。

赞美是生命力停顿的诱惑,是死的说教者,是一个诅咒。它说:"你是好的了,你可以死了。"

世间没有至好,而只有较好。较好便是较坏,因为还有比它较好的。

愿你时常觉着较坏:这样你可时常成为一个较好者。

攻击便是这样:它常遗弃了你的较好的,而说出你的较坏的,它常给你指出一条更远的路。

---

①原文作"的",据《莽原》半月刊改。
②原载《莽原》周刊第2期(1925年5月1日)。

懦怯的人，因为自己没有勇敢，所以喜欢人们赞美他们是勇敢，他可以从人们的赞美中而假装一个勇敢的人。

能够时常追求着勇敢，而时常自以为懦怯，他的追求宣示他是个真的勇敢的人。

时常感到不足的人，他可从自己得到他的满足，因为一切似乎可以满足他的，都不能使他满足故。

愿你时常攻击你自己，愿你时常接受别人对你的攻击。

可惜世间能够攻击人的太少了。世间的攻击，几乎都是排挤，诚意的或恶意的。

然而，岂能因为假的攻击而忽视了真的攻击呢？有能够接受真的攻击，而反为假的攻击所屈服的人吗？

喜欢赞美，是小姐的脾气，可惜非笑小姐而自己去做小姐人多了！

世间，真需要攻击的人，有吗？

花园之外①

前几年虽常听见文学革命的呼声，然文学革命，却好像没有看见过。中国人是只会喊叫的，而且喊叫也是很容易疲倦的，不错，现在连文学革命的呼声都听不见了。

中国文学，也许已经革新过一些似的，从前在古典中抄典故的，现在已经没有了。中国新文学的创作者已经从古典中跳了出来，然不幸却又跳到花园里边去了。

也许中国文学已经革命过了？大概中国无论什么革命都是如此的。政治革命的结果，产生出军阀，军阀，军阀。文学革命的结果，产生出花园，花园，花园。

假如文学不是花的表现的时候，

---

① 原载1925年3月8日《京报》副刊第82号。

我想，中国新文学的创作者，一定还没有认识了文学呢！

我们所以反抗古典文学者，是因为它没有生命，不是因为它没有花。由反抗古典文学而发生的新文学，花则诚然有了。然而生命呢？生命呢？生命在那里？

不然！中国文学还说不到什么反抗，只有摹仿罢了。而且摹仿也只于摹仿了一些花罢了。只于把旧的动词，副词换了新的，从古典中摘出一些好看的花名，重新排列过一回罢了。甚至，连重新排列都不容易看到，只于是堆集，杂凑罢了。

唉！中国新文学的创作者，还在抄袭古典呢？

唉！也许真的花园还没有，花园还只是建筑在古典中呢！

我并不是说文学中不应该有花，然而文学中决不能只于有一些花。假如文学要只于是一所花园时，有自然的花园便够了，便用不着文学。假如文学要只于是一些花名的堆集时，有一本花谱便够了，便用不着许多人去自费时间创作。

也许中国的社会太紊乱了，有一些人，为了自己的清静便跳进花园去。然而跳进去便跳进去好了，这于文学没有关系。而且也太软弱，太自利了，这也不应该是文学的创作者。然我还不敢相信，像这样没有别的目的而能跳进花园去的人，还怕少有呢。

欧洲文学，在古典主义之后，由个个的觉醒而发为罗曼主义，由社会的发觉而发为自然主义，由灵魂的解剖而发为象征主义，神秘主义，由力的要求，精神的要求而发为未来主义，表现主义……中国呢？中国只有花罢了。

诚意的新文学的创作者，应该跳出花园，去看见自己，去看见社会。不然，花园则有了，然而文学呢？文学呢？文学在那里？

新文学的希望①

新文学还在萌芽时期，我们原不必急于要求成功的作品出现，而且事实上也不能一下办到的。无论什么新的东西的创造，都是件极其困难的工作，必需要经过长期的努力才行，新文学又何能出此例外？中国的传统精神，及由这传统精神而表现的社会思想，根本上都是同新文学冲突的。无论那一个人，既然生在中国，做了社会的一个分子，便都不能避免为这种精神与思想所支配，自己的生命，便都不能避免为这些东西所吞没了去。文学是生命的表现，生命还没有觉醒之前，如何会有表现出来呢？所以，想从事于新文学的工作的人，第一，必须先去发见自己的生命，先从自己中把由历史与社会所传习来的东西尽量驱逐出去，以救出遗失了的生命。如是，则新文学的创作者，必须同时是一个反抗者了。如这种工作，做到某种程度上，可以做出成功的作品——严格的说，成功是没有的，只有进步——正在进行的时候可以做出幼稚的作品。（所以幼稚的是好的，因为他有成功的希望，但一固定了时，便坏了，便要退回旧路上去了。）但是，这种不息的反抗精神，在中国是很难于发见的，最明显的缘故，便是吞没了生命去的妖魔，已经一并把生命中具有的这种精神也吞没去了。这妖魔并且使自命在文学的路上走着的人们，连文学是什么东西都不能认识。有的以为只要是用白话写的，便是新文学了；有的以为白话中用一些好看的字句，便是新文学了；有的以琐碎的描写，事实的记载为自然主义……幼稚的作品都难于看见。充满了报纸杂志的几乎都是假的东西。这如何能够避免呢？名誉呀，地位呀，什么呀，都在诱惑着文学家们赶快去做文学家吧。文学家们还没有做出什么西，已可以十足地摆起

---

① 原载《莽原》周刊第 5 期（1925年5月22日）。

文学家的架子，社会也可以交口称道某人是文学家了；文学家也可以大踏步地走到社会的上面去了。够了，够了，人生一世，这还不是很荣耀的事吗？什么反抗社会，什么享受别人的痛苦，谁又有那么傻呢？于是，文学家层出不穷之际，新文学却早已流产了。

中国如想有新文学吗？我们干脆不需要什么文学家！我们只希望多出现几个反叛；至少，我们也只希望多出现几个有志于反叛者！

中国与文学①

号称精神文明国的中国，打败仗，受外人欺负，或者有可以原谅的地方，谁能够拿一本《孝经》去退敌呢？但那些精神方面的产物如文学之类，至少，也总该有一些成绩才是，不然，岂不是太说谎了吗？不幸，文明是假的，而说谎是真的，中国的确没什么文学，而且连文学还没有认识！

《红楼梦》，《水浒传》，也不是文学作品吗？你为什么污蔑中国？何处来了反抗的声音。

"朋友，一两部好书，不足以证明中国有文学，正如你一个人爱国不足以证明中国人都爱国一样。"我回答。

我们的反对者已经没有响声地走了。现在我们试把中国的小说翻开一看，其实也不需要重翻，我们知道的就已经不少了。我们在这些东西里边，实在找不见什么情感，而只听见某作者在那里说话。如其这本书是叙述不好的事呢，你便只听见作者在那里骂着他的几个仇人。如其是叙述好事呢，也便只听见作者在那里说着他的某一种心愿。其余的，就不外是说鼓儿词的跳在书里杂凑的一些无味的事实的连锁之类罢了。在这些东西里边，我们只看见某人

① 原载《莽原》周刊第6期（1925年5月29日）。

用一本书为他自己说话,正如一切人用嘴为他自己说话,作者的特长,只是比别人会拿笔杆罢了。中国,文学家虽然没有几个,然会拿笔杆的人却不在少数,况且又是古国,由这许多许多集合起来,堆积起来的拿笔杆的人们,为自己说话的小说的产额,的确已不很少了。把这些小说同样地集合起来,堆积起来,可以成一座很大的图书馆。但这图书馆,与杂耍场,说书摊,并没有什么根本的分别,不同的只是进去的没有娘儿们,而是认识几个字的人们罢了。

文学究竟是什么东西呢?如只是为自己说话,那一个人不会为自己说话呢?用笔写的和用嘴说的,或亲自写的和用一个书记写的,究竟有什么不同的地方呢?

我们再去看一下那些小说的读者,他们究竟为了什么去读小说呢?不假思索地立刻便可答道:他们也是为去读那为自己的说话。读者同作者真是英雄所见呵!他们读什么小说的时候,立刻便去占据了作者的地位,去为自己说话了。如其叙述的是不好的事呢,他们也便在那里述说他们的心愿。或者他们在那里议论什么事实。

这样的读者,当他们去读几部例外的好的作品时,也用的同样的眼光。林黛玉漂亮呢,还是薛宝钗漂亮呢?我如娶老婆时,一定是要薛宝钗,多么温和!娶下夏金桂那样老婆时,可就糟了。无论如何,我是喜欢十三娘的,因为我太没本事了。读小说的人们,至多,也只能发出这一类的批评。

同样的读者也用了同样的眼光去读几部例外的新小说。当他们读《呐喊》的时候,以为《阿Q正传》是在讥笑别人。读了《沉沦》[①]之后,至多,也不过是来一回手淫罢了。《超人》呢,他们觉着有一只女性的手在那里抚摩他们呢!所以,《玉君》之类的东西,倒正是应读者们的需要而产生的,无论在文学

[①]《沉沦》,郁达夫的小说。

上如何没有价值。

中国实在是没有什么文学,也没有能够赏鉴文学的群众,有志于文学的人没有文学可资研究,偶尔做出一点好的东西来也不为中国所容纳。外国的作品翻译进来,因为里边没有事实可为自己所应用,一般人都不去读。关于文学的理论的书,既没有几本可读,有的,人们也不读,读了的,也未必肯去细心理解中国的文学,无论在创作,在阅读,在批评,在翻译,在理论,那一方面看来,都还是一片荒地。有愿意站在这片文学的荒地上向四处了望的吗?朋友!我相信你并且可以看见了中国的精神文明的真象!

假话[①]

我在说出我对于《玉君》[②]的意见之前,不能不先说几句关于本书的《自序》的话。因为这正是作者用了他的说话,宣布他著这本书的基本的意旨,我们如能够认识了这篇《自序》,则对于本文的认识便更加容易了。

作者在《自序》上劈头便来说,历史是实话,小说是假话。这便使我不能够明白。我以为作者如其是做政论时,则这话也许是对的,因为国家大事,的确要在历史上去找。虽然中国人是只知道事实的,然就事实而论,便已经不能说历史是实话,小说是假话了,这不是很明显的吗?便是最确实的历史,也只是某书的著者对于某种事实所收集到的传闻的记载的一部分罢了。反之,我们在小说上倒可以时常看见一些真实的社会上的琐事。而况小说又是超于事实之上的呢?

罗丹说,照像说谎,而图画真实。这话简单地来解释,便是照

[①]原载1925年4月23日《京报》副刊第127号。
[②]《玉君》,长篇小说,杨振声著,1925年现代评论社版。

像摄取了自然的表面,而遗其生命,图画却能够把自然的内部的生命表现出来。历史是照像之类,而远不如照像之详尽。小说如图画,则我们都知道是一个母亲——艺术——所生出的儿子。作者同罗丹的意见,如是其显明地立在相反的地位,我们从此,也可以知道欧洲的艺术家和中国的小说家的思想不同之一斑,而两者相距又如何之远。

作者既然把小说认为是某个人要用他的理想与意志去补天然之缺陷的一种东西,则作者不特不能在《玉君》里表现出人类的内部的生命,而且也不能够说出真实的事实,自是当然的结果。所以小说不必是假话,而玉儿之确乎是假话,则不特作者自己承认,怕爱读《玉君》的人,也没有能够[的]反对的吧?艺术之所以有他的特殊的价值,是因为他能够表现出内部的生命为别的东西——如历史和科学——所不能故。艺术家的惟一的工作,也便是去感觉内部的生命为一般人所不能感觉到的。如小说只是假话,小说家只是说谎者,则在现在虚伪的社会中,真实是难于发见,假话和说谎者,则到处皆是。如是,则中国已经有了太多的小说和小说家了,玉君和《玉君》的作者,只是这些太多者中的一个,增之不觉其多,减之不觉其少,所谓无足重轻罢了。则作者在他的《自序》中,岂不是好像在自己声明,《玉君》并没有存在的意义的吗?我尤其不满意的,便是作者因为《玉君》是假话,而遽谓小说也是假话,我觉着这一跳太跳得远,这对于小说太不负责任了。同时,我又非常惋惜《玉君》的作者,只把小说认为是假话,以致只生产出厂一本《玉君》。

艺术家要使海棠有香,鲥鱼少刺,这一类事情,我们在中国也可以看见好多。妇女们——现在便不只妇女们了,这也许是所谓人生艺术化吗?——因为脸子不白,去揸粉,不红,去抹胭脂,这是有香之类。天然的足大得太缺陷了,便去裹了起来。天然的妇女动得太缺陷了,便去把她们关在家庭里,这可以归入少刺的一类。然而这些,不特与艺术没有关系,便是《玉君》的作者与一部分爱读《玉君》的人,他都在反对这些不自然的现象呢!

　　以下,我们便又发现了作者一段与前面的话完全矛盾的论调,便是把小说家比做工蜂,把小说比做从花中偷出花蜜而酿成的蜂蜜。我们知道,花蜜确乎是花里边的东西,工蜂从花中偷出花蜜而酿成的蜂蜜,确乎是工蜂用了自己的工作而把花蜜更为精练了的。蜂蜜固然不是花蜜,但蜂蜜却也不是在花蜜上又添补了什么的一种东西,而是把花蜜更为精练了的。所以我们在蜂蜜里边并找不出非花蜜的分子,而只能找出更加精练的花蜜,而这种精练便是成于工蜂的工作。假如我们以为这件事情能够同小说相比,则花便是自然,花蜜便是自然的内部的生命,蜂的偷取便是小说家的感觉,酿便是小说家的创造,蜂蜜便是成功的小说。我们在这一段经过中,并没有看出蜂采用了《玉君》的作者的意见,从花中搜寻出天然之缺陷(非花蜜),用了自己的理想(没有这件东西)与意志(只是努力)去假造了蜂蜜以补花的缺陷,或者添一些别的糖质进去以使蜜更为甜些。我们由此,只于看见蜂蜜的作者比《玉君》的作者高明得多,他决不能够站在《玉君》的作者身旁去给他的假话辩护。

　　这些是我对于《自序》里边作者这本书的基本思想要先说的几句话。至于其他的部分,如为自己证话,心理分析,这般写,批评与三政之类①,则待我把《玉君》解剖了之后,再来说及,因为这样可以比较容易明白一些。

---

①原文如此。

睡觉之前

1

唯美派的作者,从肉的享乐中,去追求美的想象,从自我的满足中发见了人生的痛苦,发狂与自杀,装饰派的作者却用了好看的字把从自我的感觉中某一刹那所得的一点痛苦都掩埋了。装饰派的作者,不只是没有普通的人生感觉,而且也没有表现自我的表面的刹那的感觉的手腕。文字是文学的作者的工具之一,但装饰派的作者,却变成了文字的奴隶。叹气是人生的一件宝贵的事情,因为这是发觉了现实的丑恶而感到创造一些新的东西去的需要的一种心的表现。但这样的叹气,我便不容易听到。我听到的大抵是如此的:当花正落的时候,人们看见了花落而发出的叹气;当花已落的时候,人们想起了花落而发出的叹气。文学的生命,不在于表现,而在于感觉。中国人向来是注意事实而不注意生命的。把这种思想应用在文学上,便是注意表现而不注意感觉。表现者,所以表现感觉也。失败于感觉,而欲成功于表现,此中国文学堕落之总因,无论新旧,出此例外者,则不过少数而已。

2

人类究竟是一个什么东西,这一个问题,在我的心里,大概已经回旋过八九年了。我现在所能答复的,便是我直到现在,还没有能够确切的答复这个问题。我有时,也以为人类的本身,好像也具有"福音"那么一种东西似的,但有时,我也便遇见了"噩梦"。有时,我的心觉得像要飞了出去似的,但有时,又觉得沉重到要死的地步。有时,好像有两种东西在我的心里冲突着,但有时,确乎又是许多许多的东西的浑战。这也说不定是我的错觉,我时常,当我的心纷乱的时候,我觉得世界呀,一切呀,什么都没有了,有的只是我的浑战的心,且有时,竟觉得这心也有些靠不住,有的大概只是这一团糟的浑战罢了。但这,又终于不能够阻止我,当我觉得轻松的时候,去摸索什么亮的影子。

在我的心里,有一个基本的观念,也许会和我的心同其永久或短促的,这是我把我的生命及以外的一切都寄托在上边的一个观念,这个观念,我叫它做"力"。我用了这力去参与一切的盛筵或骗局。我应该宝重这个东西,因为它使我在混战之下,逃避了像退缩那么一类最讨厌的侵袭。我时常,也感到把这种东西伸展出去,扩大了面积,这结果的一部,便是写,写,写……既然是浑战,便索兴迅速地,开阔地混战了下去,这大概成为我的一种信条了。

我的精神时常在趋向着一个最高的地点,我所以永无休止,像个破家子似的挥霍我的精力者,便是为了这个缘故。

自然,精力的挥霍,是不受寻常的事例所束缚的,挥霍得越多,收获的也便越多,所以我在挥霍之后,反而越变得殷富了。我想,这无论如何,总是我所特有的一种权利。

宇宙间有最高的地点那么个东西吗?我常这样疑问着。回答是:趋向着最高的地点,我的精神,当然走的是最高的路线。

然而,我又时常要恍然自失了。在我自己这方面所得的胜利,却形成了我在社会方面的损失,我感到我自己的升高,便是我的伴侣的减少,和寂寞的增加。

"我同样要救起了他们!"我的精神常这样狂吼着。而事实是这样:他们既然不能自救,他们自然是难救的了。而且,我越升高,我同他们的距离便越远,也便越难。

"怪物!嘘!……嘘!……嘘!……"于是,我的同伴竟向我一齐发出这样叫嚷。

在某一点上，我承认我是怪物，因为我常视之为常物的，我也开始以为他们是怪物，而无法去了解他们。

真的怪物的享乐，便是永久的苦闷。

4

在去年的时候，你曾做过我的朋友，但现在，你是我的敌人了。我有时，爱我的敌人甚于我的朋友，现在呢，我爱你甚于去年。

有一次，你曾看过我一眼，你的眼外满堆着笑容，你的眼底却深藏毒意，从那时起，我便爱上你的眼睛。

但从那时起，我们便分离了，我的眼睛没有再看见你的眼睛，直到现在。于是，我们便真的成了敌人。

而现在，你又看我了。你的眼底的毒意仍是去年在那个宝贵的时间里被我发现而想保存起来而终被你夺了回去的，而现在，你又回顾我了。

服毒是好的，我相信。从这个，我可以知道了生之为生和死之为死，这是太难于知道了。

取出你所深藏着的，你施舍者，我的亲爱的敌人。

5

电从远空闪起，放万道金光。

我睡在暗中，面对着孤独，做着欢喜的梦。电从梦中闪起，放万道金光。

如有雷鸣，飞入我的手心，我手覆处，将见洪水骤降，一切都成白地。

乃梦复寂然，电流亦涸，远处时见白光，有如磷火，将断将续，喘于墓道。

6

给生命以死灭的，把人当做猴子叫他玩那可笑的简单的把戏的,那便是家庭。这样恶劣的社会的形式,而能延长数千年之久,而且还被现代的人们像珍奇似的保存着,只此一点,我便佩服人类的愚蠢到十分了!

谁曾在家庭里边得到过幸福呢?我们不会找见有一个人敢于给我们以满意的答复的。同样地,我们也找不见有一个人敢于毅然决然地把家庭毁灭掉。人类是一种虚伪的动物,他所认为对的,永远不是他所实行的。手挥五弦,目送飞鸿,人类生活的真象永远如此。

忆W①

昨天的上午,一个朋友告我说,W在山西被抓去了,抓到什么地方,他不知道。消息是从W的一个朋友通信来的。那个朋友,本也应在被抓之列,只因为跑得快,才免掉;但跑到河南,又被扣留在某司令部里了。因此,我们对于W被抓的原委,更无从得知。知道的,只是W是被同县的一个高小校长报告的,他去年十二月初七日回到县里,初九日被抓而已!

一个月前,我在京汉车上,便听到山西南路有通缉X及X的同党的消息。听说已经抓了不少的人,而且枪决了几个,也有逃了出来的。如一个可笑的解某,也便是被认为X的同党而被抓而终于逃走了的人中之一个。我当时听得非常好笑,以为解某之生,或解某之死,与山西大局同样毫无关系,何以也会惹起官厅的那样重视?当时还想写一篇《昏头与昏脑》,开开玩笑。但并没有听到关于W的什么消息。现在既已弄出事来,那想来一定又是同X有关系的了。虽然在事实上,我一点都不能找出W同X的关系——或者只是W在某校时被X开除过一次——然而,照例昏头昏脑的官厅,

①原载1926年3月16日《国民新报》副刊第81号。

他们懂得狗屁！

　　一个人活在现社会之下，本来都是头上顶着死亡而旅行的；尤其是住在娘子关外的山西青年，谁个不被认为反阎的健将？W的回家，便是他的罪状，此外如仍搜求什么关系，倒反是太支离了。然而，W的那个朋友，不被抓于山西，而又被扣于河南，则过河诚为多事，而人的罪状也便无时无地不可找到，这又令我想起我的那句"触在那面也是死"的老话来。

　　在四个月以前的一天晚上，我送W同S到河南去考某军官学校，那时天气已经很冷，我们都穿着很薄的衣服，我们握着手在车站上等候开车中来回走着。我那时对于W不知道有多大的希望，因为W是我们朋友里边最平民，最耐苦，最诚恳，最决于实行的一个。而且，我同他的感情也最好，虽然我们见面的次数很少——虽然我们有时也曾谈到有通夜——然而我们的感情是正因疏离而愈变为浓厚的。而且，我同别的朋友谈起话来，也常说只因他是一个真的平民的战士。这些，都是使我对于他的希望增加其高度的原因。然而，后来却听说他因为体格没有及格回家去了。现在想起来，我那时的送行，倒正是间接送他到山西寻死去似的，虽然我现在并不能够证明他之已经死掉。

　　其实，死不死又有什么关系呢？如其W已死，我将不复看见他，如其W未曾死，我还可以再见他，死不死又有什么关系呢？朋友呵！如其已经死掉的时候，请你瞑目地死掉好了！他们也都会跟着你走去，你所走过的是一条必由的路径，我也不定何时何地会走上的路径。那头上顶着的死是常在严防着我们的逃逸的呵！

二月二十日，夜两点

关于事实的几句说话①

人们都在注重着事实。但事实是什么呢？这便有很多不同的答案。农人们以为种地是事实。商人呢，是赚钱。军阀，是扩张地盘。新英雄们呢，是握得政权。在注重事实这一条纲领之下，他们都应该是同志。然他们又都互相以为自己的是重要的事实，别人的是不重要的事实。其中最冤枉的，要算是自命最注重事实的新英雄们，军阀们说他们是捣乱，农商呢，也实在不明白他们干的究竟是什么事实。

但我们从他们的争辩中，可以看出事实也是有分别的，就是有重要的与不重要的两种。什么是重要的呢？便是于他们自己有利的。反之，不重要的，便是于他们自己有害的。我们从这种解释中，便又可以知道，事实之所以重要与不重要，不在事实的外表，而在事实所涵的意义，事实对于某种人有如何之关系。但一涉及意义，成为思想问题了。而他们却又都在认为思想是在事实以外的。

中国人是只注重事实的，是知有自己而不知有别人的。所以，事实的价值，他们完全用了事实对于自己有如何利害关系而判断，并且，他们都以为他们的这种判断，也只是一件事实，而不知道，他们却在被一个自私的，卑下的，野蛮的思想所支配着呢！

我们现在的青年们，很多是以新英雄自命的。这结果，便是他们都斥思想为迂阔，文学为无聊。至于他们做出了些什么有价值的事实呢？这问题我们一时还答不出来。但我们不妨假定他们是不会做出有价值的，因为从他们的态度上，我们知道，他们还没有懂得了什么是事实的价值呢？

因为注重事实的缘故，自然理智的生活成为重要的了。但又因蔑

① 原载《弦上》周刊第3期（1926年2月28日），署名C。

视思想,所以理智也始终发展不到高尚的地方。青年们所自命的聪明,至多也不过是在社会的下面多知道几种偷窃的方法罢了。至于,感情呢,那是绝对要不得的东西,那于事实多么有害呵!应该卑怯的时候,感情却闹出什么义愤的把戏了!

青年们都在喜欢看政论,而排斥思想的论文和文学的作品。那些号称学者和文学家的呢?却也只把学问和文学当做是保持或提高自己的地位的一种工具,他们也正在那里注重着事实呢!

没有思想,没有艺术,社会的黑暗,亡国,这些在一个国家上,都是些极可耻辱的事实,但是我们注重事实的中国人,却并没有注重到。如其对于一些有价值的事实而无所事事,则有什么权利配自命注重事实呢,你们真的无用的人们!

论三月十八[①]

假如我有热的时候,我不愿意用它去埋葬那些过去者,我是要把他预约给那些未来者。

"这一次死的太无聊!"让我这样说。但这并不是表示我没有同情。而是表示我对于那下次的或然的死者应该换一个较好的方式,估一个较大的价值的希望。

一千副挽联,抵不住无名者一刹那的真的觉悟与决心。一千行眼泪,抵不住血的一滴的跳动。

惨杀不是有力的反动,无足惊,无可畏,那只是死尸的返照的回光。重要的是,有没有新生的力也在动颤?

我愿意藏起我的伤心与眼泪,而用镇静的欢喜遥望着未来的健者,但是我的遥望成为空望时,我将要破露我的弱点了!

纯然对于惨杀的诅咒,那是从卑怯出发的一种情感,在那后面,有

[①]原载《弦上》周刊第8期(1926年4月4日),署名C。

饶恕的乞怜的无望,侥幸的逃避的失败,出乎意外的破灭在植根着。

自然不欺骗人,是人误会自然。人想走捷径,所以给自己横添出无谓的往返。

自然永久是偏爱它的少子,但它不能够用知识直接使他们知道,所以它有时不得不用打击的方法。真的,它的可爱的少子们,于是便要明白了。

地球上没有真正的敌人,只要看出他们的死的机关,他们立刻便会成为死人。这是多么可笑的敌人呵!

但是,敌人们笑了!我们是这样的可怜!让我们也有笑的一日,让我们自己把那最后的胜利赐给我们吧!

要自己做去,不要再让他们造谣!闭口无言的造谣者在焦急地等候着我们!

三月十八事件及其前后[①]

三月十八日的事件已经算是过去,所剩余的,大概是开追悼会,出刊物了。

而我今天又不得不在这里写几句文章,这诚然是可羞愧的事。虽然——

政府之压迫民众,尤其是压迫革命民众,是必然的事实,无所谓"当时此地"。这次的屠杀,只是压迫之一端。政府虽然可恨,民众虽然可怜,然此外还应该有些事情更要注意。

我并不以为人们不应该对于这件事致其哀悼,但哀悼而只(止)于哀悼,却是真可哀悼的一件事。

好像自命革命民众者,现在很有些诧异,以为像遇见出乎意料之

[①] 原载《弦上》周刊第8期,署名C。

外的事情似的。压迫之于革命,似乎是一件出乎意料之外的事情,这多么可诧异呵!

其实这次的民众运动之对于政府,只是一种请愿而已!请愿之与革命相类者几何?请愿而被杀,可怜则可怜矣,但有什么可赞美的地方呢?

但现在烈士倒产生了不少,烈士有这么容易做!

我也愿意哀悼那些不幸的死者们,但我不能够因为他们的不幸而谥之曰:烈士。

近来间或有人慨叹辛亥以前的革命精神之不可复有。其实这也是当然的事。那时谈革命的人是要杀头,所以怕死的人如何无端去谈革命?近来,则革命真只成乎其所谓谈了!开会之外,便不容易再看见别的运动。即如打架一类事,也虽常有,然那只是民众为开会而相打,并不是民众对于政府的打。

革命民众的革命方略,只有两种?曰骂;曰请愿而已!

我相信我们的政府,也并不真以为他们在压迫什么革命。他们也知道革命至少也该有手枪,有炸弹的。他们只是以为装出像压迫革命的样子,比较正当些,所以给没有丝毫革命性质的请愿民众,在电报上加上一点革命的色泽,说他们携有什么手枪炸弹。

而民众于是不得不辩误,这真是可羞愧的事呵!

然而犹自谓是革命民众。其实不幸而死者与幸而不死者都与革命无关,虽然我们也并不以为请愿较之屠杀是更坏的行为。政府只是那么个东西,不要大惊小怪了吧。

三月十八日的事件已经算是过去,将来的路程,让识路的人们踏上去!

时代的两面①

只有在没有走过的路径上才能找出真的路径。开创者来时,新时代便出现了。

智巧者忘掉了自己,站在十字路口,看别人的成功与失败,而定自己所遵循的路线。他迷途于别人的路程中。

历史只表出过去,不能预示未来。俄国革命不曾模仿法国革命,中国的崇俄论者可以醒醒了吧!

旁观者清,有旁观人生之伟力者,惟自然而已。

所以,科学说:"玄学者,迷梦也!"自然说"科学者,迷梦也!"

人类之不得舍弃科学乃弱者之穷相也。而愚陋者乃以此自骄!

自然只示人类以半面。人类所能见之全体其脊背耳。历史是自然所示人类的脊背。

尊古者曰:"子肖其父。"崇洋者曰:"弟宵其兄。"面 Wordswoth 则曰:"孩子是人类的父亲。"

聪明人面对艺术时,常这样警告自己:勿陷入! 所谓批评家者,其实也没有什么大不了,不过是这种聪明人中之一类!

"不能反抗一切,则请你死掉!"这是我对于人们所能说的一句最友谊的话。

人的死同苍蝇的死很少分别,是呵,许多,许多,许多的人都这

---

① 本篇系由发表于《弦上》周刊的几篇短文合成,计有第11期的《三言两语》、第13期的《妻子及其他》、第14期的《只有》、《板斧哲学》和第16期的《时代的两面》,均署名C。凡全部收入本篇的,不再另收,文末落款略去;凡摘取部分段落的,全文另收,见本书第3卷。

样死了!

死海中没有活水。连游沫(泳)都没有吗?跳起来呵!虽然是一刹那的生,然那是如何光荣的生呵!

我不需要一个妻子,因为她只注意香皂与香皂。

这里的人有看见真实的能力,这在我是一件不能想象的事情。他们时常是望望然而去之,无论对于什么。水池所接收的是一块有重量的东西,但鸡毛呢,它——它只是飞来飞去。

也没有主张,也没有力量,所以也没有色彩,是现在军阀的实情。所谓一军赤化者,那不便是和奉和直的赤化,倒曹释曹的赤化,迎段驱段的赤化,反吴降吴的赤化吗?一军正是吴张的远族兄弟,可惜他们自己把家谱忘了。

军阀是些被动的东西,它们被历史,制度,潮流夹攻着而辨不出方向,它们没有自觉,没有时代,它们互相碰冲而无所谓爱憎,它们所想占据的东西是实际上并没有的东西,它们冲锋陷阵在他们的梦想里,他们的全部的历史便是,短期的纷扰与长期的死亡。

群众说:"我们要这样东西!"艺术家听了,便"创造"出许多"这样东西!"批评家从而颂之曰:"这是伟大的东西!"

国民性曰:"回头!"于是一些最有希望的朋友都失陷了!中国现在需要的,只是包文正的儿子。

十八世纪是法国的时代,十九世纪是俄国的时代,二十世纪是中国的时代——但这话我嫌说得太早了!

到来的一定会到来,人不能够逃避自然,也不能够压迫自然。

那一方面都不容易寻见主脚,这是多么糟糕的一幕剧呵!

我讨厌丑脚,但人们都高兴丑脚,我看见的也几乎都是丑脚,连戴着相公帽的都在内。

吴佩孚之命运,终当与八卦同耳。

捉曹也是陈宫,放曹也是陈宫,但曹陈毕竟还算是好的,现在可以不必管他们。

我现在想起一件关于戏码子的历史,倒还有趣,便是,当曹锟坐总统的时候,戏码上的《捉放曹》,变成《陈宫计》了。这是曹锟总统时代我惟一记得的掌故。

捉曹不妨说是犯讳,为什么连放曹都被禁呢?我说不上这个道理。

其实,这些都无关重要,所以捉曹也被唱过,放曹也被唱过,而且捉曹是国军,放曹也是国军。

于是,"为什么放曹也犯讳呢?"这一个道理,连曹锟自己现在都说不上来。

充其量,不过,坐你妈的总统去,反正你是一个傻小子。

人们都想避开苦难,而用聪明去探得一切结果,聪明只骗得了他自己。

Tolstoy的思想,在Dostoyevsky的小说中表现的比在他自己中的更好,那个诚实的老头终于连自己也承认了。但人们却都想用比T更少的牺牲而得到比D更多的收获。

聪明不及思想,思想不及行为,最后的估价如此。真价只是从最后那一次估定了的。

最后的著作[1]

一切事情都应该有个结束,现在,我是到了结束我自己的著作生涯,也便是结束我全般的生涯的时候了。

当我的笔厌烦地又握到我的手中的时候,我觉得一切都变的(得)特别荒凉,我知道我的这件玩具,它随着我一生时常进出火和光来的,它现在会给我玩出如何杀风景的把戏,便是我的生涯将要断送在它手里的。

我今天下午才到了这里。这是我生平所常神往的一座名山,我不愿意写出它的名字。但是,我今天才能第一次来享受它,即此一端,已足令我感慨我的八十七年的生涯完全给白过了,现在,我便是要面对这种浪费的最后的一掷。

我是这样,带了一支手枪——我的五十四年的伴侣,同我的最亲爱者同时进占了我的历史的——一支笔,一本稿纸,我跑到这里。我的出走,一定会惹起许多人的惊疑和猜想,但是,他们永远不会知道我的秘密。我的她,现在也许陷在极度苦恼中,我有什么法子呢,当我一切都已感到无足轻重的时候?

我一到了这里,便拿起我的笔。我很惊讶我何以连一点赏玩这个多年形诸梦寐而直到现在才能一见其面目的名胜的兴致都没

---
[1] 原载《长虹周刊》第 1 期（1928 年 10 月 13 日）。

有呢？除了我所走过的路，我什么地方都觉得不需要去。在这里，同在一个平凡的村庄里。乃至一个最污秽的所在。我一点也找不出区别来。只要能够容得下我的笔同枪在，我以为都是同样的天地。

自然，我的生涯是白过了的，所以我觉着今天的死，正同我初生下来便死是一样。我从前曾悲悼过我的孩子，他是在时间里只有过一点钟的活动的，但现在，我觉着我同这个小生命所负的正是同样的命运，而且我再不能够悲悼我自己了。

我想起昨天集会中的情形，我为什么还想到这个呢？除我以外，那时候，谁还知道那便是我一生中最后一次的集会呢？我当时，看见许多的手都向空中举起，我一点也不以为这仍然是属于欢迎一类的表示。我以为，我当时是站在一座冰山上，除冰山和我自己外，我再也看不见什么。我想来，我是快要完结了。但我并不伤感，我看见我自己的末运正像我看见一块石头要从山上掉下的一样，这只是一件寻常的事情。是的，当石头掉下山去的时候，谁能够在那中间发见在石头掉下以外的其他的事实呢？

今天早上我没有看报，我没有闲情再理会它上边关于我的有如何记载。其实，也不过是些照例的条文，真的新闻，连我自己都找不出来。也许我今天倒可以供给他们一件新闻，只是这对于他们有些太无趣了，虽然以为有趣的人一定也不在少数。我想，明天一定会喧动了我的失踪的消息，到后天，他们便又明白了我的失踪是如何的失踪了！

他们将要有如何的表示呢？这个问题，我现在大可以不必加入讨论，这完全是他们的事情。真的，我现在觉得一切人对于我都是外人，连我自己在内，连我的最亲爱者，连我的多次出生入死的伴侣们。这也许一向便是这样。无论人们如何献我以无上的荣誉，但我自己，却一向没有快乐过。我不以为人与人之间，有密切的关系的存在，或者相互决斗，可以说是一种真的密切的关系，此外种种，便都是委蛇，委蛇。

谁能够在接吻里边找到爱呢？让那些自欺者们去做欢乐的好梦，实际是，一切都只是机械式的碰冲罢了。人类因为是愚蠢的，所以无中生有地要想在碰冲中找他的爱憎，而他终于是得到憎，或者憎而自以为是得到爱。科学，革命，那一个是能够超越出碰冲之上的呢？我没有碰死，这便是我没有牺牲给那长期的奋斗的完全的意义，而我现在却在要碰死了，这些，都一样！然而人们偏要赞美我的成功！然而人们偏要哀悼我的失踪！

近三个月的生活，正是达到了我的生活的顶点，上的上面再没有上了，因此我便应该捉下去。我所多年在追求着的，我把我的数十年的心身放在地窖底下，我为的便是这一段升腾。很幸福的，我居然达到我的目的了。但是，我在这三个月，也曾把我的心血呕吐干净，以至我的生存的欲望也都随之俱去。如有明白我的人，他一定知道这只是我的痛苦的顶点，那我所快乐地矗立在上面的。人生只是痛苦，可惜明白人终是太少！

没有一个人问过我我的成功的秘诀。人们都是那样傻头傻脑地，当他们碰见一块肉的时候，他们的惟一的责任，便是吃掉那块肉，此外一切，他们便都不去理会。这好像一切都正是他们分所应得的。我在年幼的时候，常听说讨吃子的议论，他们互相叫道：孩子们给我们做下饭了，我们吃去吧！这样议论，可以无论应用在那一个人身上，都恰合。

社会的成功，仅只是个人的失败。我自己的失败已算到了最后一次了。完美的社会，我只可让给他们去享受，因为他们正像是分所应得而且他们能够认它做完美的。我吗？我什么都不曾得到，或者我所得到的仅只是这一卷《最后的著作》。

施舍，施舍，我的一身都把来给施舍出去了。凡我所需要的，我得忍着肚皮，让人们自由采选。人们所需要的，我得忍着肚皮，给他们寻找得来。但人们都像不明白，因为我没有看见过他们有一点抱歉的表示，虽即是只一点抱歉的表示。这不知道是由谁判定的，我来到这个世界是专为着牺牲的，我的责任便是变做一座桥让他们从上面走过去，他们那样卑怯，那样苟得，他们只知道渔人得利，你不要妄想他们为了他们自己的利益会榨出一点油来。我的工作，便是为着这些人们吗？我的工作是不是只是我的罪恶呢？

我的精神虽常健壮的，但我的眼睛却太苍老了，我从我年幼时一直到现在，我只能够看见过无穷的小孩子。真的，一切人都是小孩子，他们只知道享受，而不知道那所享受的来源。在我的眼中，小孩子是一个罪人，虽然我在别一方面也喜欢他们。

在我的思想中，独居的生活，恋爱的生活，是一切生活形式中两种最好的。把我的时间完全献给我自己，或献给我的爱人，只有那时，我才能够相信我自己是独立存在的，我可以完全享受我自己。但是，我虽然在实行着我的思想，而且我是一个鲜明的思想即实行的主张者，然而，那些属于我自己的幸福的思想，我一点也没有得到实行的机会。我在忙乱中断送了我的一生，我的时间，这一段被A占据着，那一段一定已被B预约了去。我不是一个整块的东西，我时常得违反了我自己的愿望，把我切成许多瓣子，分送给那些需要着它们的人们。我的活动，便是这样消费了的。直到今天，我才能够一个人活在这里,我将永久活在这里,虽然我已经快要死了。但是,爱,爱……我不能够想了,那于我是太大的痛苦。

我的爱,在我三十岁的一个夏天认识了她,在我三十三岁的一个冬天同她开始了共同的生活,同我相处五十四年,我们可曾享受过一天那是我们的完全的日子吗?我们时常在等候着,当我们被什么牵连着的时候,我们时常在期盼着别一个时候,但是,那所谓别一个时候者,谁能够给我们证明那是实有的时候呢?我现在竟然有些后悔了,我后悔我临走的时候,何以不通知她一下,那样,我们俩可以一同在这里完成我们的恋爱生活,虽然我那时有不通知她的十分充足的理由。

当我想同她握手的时候,她的手却被一些讨厌的东西占据着,或者我的手在写什么,或者我在多人聚处的我的屋里并看不见她的影子。而且,许多许多次,我只能看见她同别人对立着,我在另一方面,也只同别人对立着。正是世间有一种最凶暴的力,它把我们强蛮地切作两瓣,一瓣分给一些人享受,别一瓣又分给别一些人,而我所看见的,便是这幕悲剧的排演。

人类的生存,只是一幕悲剧。但是,那应该由我去排演的一幕,现在是要闭幕了。

历史是一个什么东西呵?我很苦闷,我如何能够把那些所有关于我的历史都一并带了去呢?那不是造谣式的诼伤,而是根据了我的事实去侮辱我,我诅咒这些事实!那些述说我的历史的,他们没有两个人有相同的记载,而且他们没有过一个人所述说的是没了错误的。一个人生了下来,只要去更正他的历史,我已觉得目不暇给了。然而,我有时竟还须装出像十分感谢他们的样子——

我当时如能看见自己的那种可笑的样子,一定会发笑——正像,我如不然,他们便会很诧异地责备我:"你为什么连我们的话都不相信!"

我死去了,而让我的历史活着:我的真的历史同我一并死去了,而让别人所装演的我的历史永存于我的死后。

也许正在今天,正在此刻,便有些消闲的先生们在团聚着谈说我,于是在他们的纯然无要的开心中,我已被宰割了。

这都是没有法子的事情,而又都是我所最痛苦视之的事情,我现在还可以很清晰地看见这些旧有的痛苦的面目,这些几乎无时无地不在追随着我,不在增加着包围着我的面目。

别一方面,我回望着我的历史——我的真的历史——我吃惊了:为什么它们正同我在少年时代所唾弃过的一切的历史陈腐到那样相像呢?这些,是我当时用如何的谨慎,如何的勇敢所织成的一幅鲜花呵!我用了如何新的理想想把来去代替那些旧的,我想在那黑夜的天空中,在那连星也没有的全黑的天空中,放一颗太阳在上边。但当那颗太阳刚一被我放在它所当去的地方的时候,它立刻又掉在不知道的什么地方去了。

人在山下望那山顶的时候,它正像太阳似的耸立云端,那里蕴藏着所有的神秘与光明。人的希望着他的眼睛一齐都交付给那山顶。他向着那山顶去找寻他所当走的路径。当他经过了一切危难,经过了一切损失而达到那山顶的时候,他于是明白了:他所获得的,便只有他的损失。他开始站在山上,他开始看见他脚下所有的一切,都是些平凡的土石,正同他所原先站着的地方一样。他开始去望他来时所经过的一切,他一点也不能够明白,那些,何以有那样大的诱惑,一会使他把死时不得不死的同样的力量完全交付出来。

这便是我的现在，我现在便是那颗耸立山顶的太阳，同样地，我现在正要掉在不知道什么地方去了。

但是，无论如何，我今天是可以呼吸一口自由的空气了。从我到我的山，一切都是属于我的。我现在是一个永远未曾有过的国王，我的时间，我的地盘，我的呼吸，我的生，我的死，一切都完全是属于我的。我什么时候要想把我的生递给我的死，那么，那个司生的自然，它便没有法子不给我跪在地下。然而，我却偏要学一个放风筝的顽童，我把那死的线放了出去，而我却故意地玩弄着，不肯立刻收了它回来。

我现在的世界，是一个不属于生而又不属于死的世界，这是一个世界之上的世界，在这里，我可以望得见生，我也可以望得见死，我可以在这里，让我的生踏在死的尸体上跳舞。我也可以让我的死入据生的王宫去作它的最后的主人。而我自己，是那样一个公平的父亲，我一点都分不出它们中有差异的地方，以致有所借口而偏袒我的爱憎。

我现在，是完全占有我的呼吸的领域，决不会再有任何的呼吸来触犯我，可爱的或可憎的，来变更它的独有的色泽。在我的望眼中，连一只野鸟都没有。我是居住在一个没有天地的天地，而我有天地的愉快，我是走进荒漠中，而我有荒漠中的痛苦。

我现在，是得到一种最大的解放，我不只不受别人的束缚，不只我的敌人们都灭绝了他们的形迹，我的解放，是从我自己的理想中的解放。这是我的第二个样式的安那其。对于那个完全的我自己的一种安那其，而且是一个惟一的真的安那其。

这是我没有料到的，我在这最后的失败中得到了我的最后的胜利。虽然这些，我似乎早已知道过了。

我拿起我的伴侣来面对着我的胸膛，我说了——

亲爱的朋友！我现在到了需要你的时候了吗？

我们的一生的经历，我们在多次的出生入死中所建筑起来的伟绩，你也曾注意到预先想一想它会是个什么劳什子吗。

我们在一生的奔波之后，现在才走入一个绝地，这也许是你所要诧异的？但是，只有我和你，这个绝地，让我们愉快地享受它呵！

我们不死于纷扰，而死于幻灭，我们用自己来结果我们自己，这是我们的权力的最后的执行。

世人将不复诅咒你，我的亲爱的朋友！那个最大的，最后的杀人者将要屈服在你的威严之下！

我们诀别之后，让天日永远不再看见我们吧！让我们的子孙永远在和平中追逐其幸运，让我们把绝望一同带到绝地去，而只贻我们的孩子们以希望吧！

让你的最后的颤歌，被我的亲爱者们所听见，给他们以震惊或哀泣，我将携着你的赐与而同你满足地同归于尽！

最后的一次，让你照耀我以你的光！

生命呵，再见！

《狂飙》周刊宣言[①]

黑沉沉的暗夜,一切都睡熟了,死一般的,没有一点声音,一个动作,阒寂无聊的长夜呵。

这样的,几百年几百年的时期过去了,而晨光没有来,黑夜没有止息。

死一般的,一切的人们,都沉沉地睡着了。

于是有几个人,从黑暗中醒来,便互相呼唤着。

——时候到了,期待已经够了。

——是呵,我们要起来了。我们呼唤着,使一切不安于期待的人们也起来罢。

——若是晨光终于不来,那么,也起来罢。我们将点起灯来,照耀我们幽暗的前途。

——软弱是不行的,睡着希望是不行的。我们要做强者,打倒障碍或者被障碍打倒。我们并不惧怯,也不躲避。

这样的呼唤着,虽然是很微弱的罢,听呵,从东方,从西方,从南方,从北方,隐隐的来了强大的应声,比我们要大的应声。

[①] 原载北京《狂飙》周刊第14期(1925年3月1日),无署名。又载1925年3月1日《京报》副刊,题为《狂飙周刊宣言》,亦无署名。《京报》,中国现代著名报纸之一,由邵飘萍主办。日报。1918年10月5日创刊。1924年底,孙伏园离开《晨报》,来到《京报》,主编副刊。

一滴水泉可以作江河的始流，一张树叶之飘动可以兆暴风之将来，微小的起源可以生出伟大的结果，因为这个缘故，我们的周刊，便叫作《狂飙》。

草书纪年

该书原收于《光与热》中。1929年7月作为《儿童丛刊之一》,由北京狂飙出版部单独印行,并曾被译成日文、俄文与世界语等文字。本书是根据单行本排印的。

分　配

某一个国里,遭了年荒,他们至于不能不互相吃国民的肉以维持国民的生命。

于是,国民们都聚会在一处,都被秤过他的肉的分量。凡有肉在平均最低限度之上的,须把他剩余的肉割下给别人吃。

于是,只有一个最胖者,他因为被割掉最多的肉,死了。

海滨的世界

海滨有一个小池,它看见好多好多——它所想象不来的多——的水都流入海中。它向着海讥笑道:"你要那么多的水有什么用处呢?"

海没有回答它,因为它的声音那样小,使海不能够听到。

形与影

形跑着,影追着。

形停住脚问影道:"你为什么追我?"

"谁在追你?"停住脚的影反问。

形无话可答,于是又跑着,而影于是又追着。

于是,影倦了,而形不停脚地跑着。

祝福影吧,因为太阳终会有落下去的时候。

模仿的创造

在水的世界,虾蟆为最蠢。

一天,它在空中望见一只小雀儿,它向她祝道:"教给我你所能的一切,我的天神!"

小雀儿显出不屑理它的样子,但终于唱了三声,忒儿,忒儿,忒儿,忒忒忒儿地飞去。

在数年的模仿之后,虾蟆于是学会了叫,而且学会了跳。

四 季

冬爱花,春爱狂风,夏爱雪,秋爱露。

冬占有了世界,那是多么美富的世界呵!然它很烦闷,因为它看不见一朵花。

到不可忍耐的时候,冬把它的所有让给了春。于是,春开始看见那些它所在梦想着的都变了。

绝望的春终于又把它的所有让给了夏,而夏又让给了秋。

它们在相互交替中绝望着,梦想着,永没有疲倦的时候。

恐怖时代

曾经有过一个恐怖时代,那时人的头会自己飞掉。

于是,胆怯者们便都抱住他们的头相互惊问:"我的头那里去了?"

人哭着——①

人哭了。

自然强制着他的眼泪；安慰他——

"亲爱的孩子！我给你一切，我所有的一切。"

人哭着——

"亲爱的孩子！我给你大山，给你鸣泉，给你像女妖的眼睛一般的星，给你最珍贵的世间只有一颗的太阳。"

人哭着——

"亲爱的孩子！我给你不知疲倦地旋转的地球，你睡在上头一点都不会觉得摆动；给你比什么都绿的草，使你看的时候会在你的黑的眼珠上印着绿的影子。"

人哭着——

"亲爱的孩子，我给你静寂，当你休息的时候；给你欢忭，当你的心跳跃的时候；给你变换的云，当你厌烦了平凡而在幻想的时候；给你死灭，当你舍弃生命的时候。"

人哭着——

变 迁②

一群蚂蚁在大路上堆聚着。

于是，中间的一头最大的叫道："人来了！"

堆聚立刻中分开一条线，人走过去。

于是，中间的一头最小的报道："人去了！"

---

① 原载《弦上》周刊第15期（1926年5月23日），用总题，署名C。
② 本篇及以下3篇原载《弦上》周刊第17期（1926年6月6日），用总题，分别标以八、九、十、十一，署名C。

蚂蚁的堆聚终又合拢来横断了大路。

就像驴

农夫中意①叫驴,因为它有力,因为它叫。但他们喜欢它的力,却讨厌它的叫。所以,叫驴从他的主人那里得到最大的重负与鞭策。

没有人中意草驴的。虽然她驯顺,虽然人们喜欢她的驯顺。她的不同的运命是:被爱与被弃。

"如能有它那样有力,又有她那样驯顺时,那是如何一头理想的驴子呵!"听呵,主人在感慨地说了。

他自己的旅途

当太阳在赤道上旋转到五万年的时候,有一天,他忽然厌恶了这条古老的程途,他开始停住了他的脚,"我需要一次新的游行",他想了。

他向着北方走去,于是到了北冰洋。"这是什么地方呵,这样的冷!"他惊讶地叹了口气,连忙又回到他原来的地方。

于是太阳又想了:"我终于是需要一次新的旅行!"于是,他向着南方走去,他又走到了南冰洋。

"这是什么地方呵,这样的冷!"他二次叹着,二次又退了回去。

太阳这才明白了,因为他自己是热的,所以他只能够占有那热带。

这便是太阳所以直到现在没有迁移他的旅途的缘故。

愚蠢者的幸运

燕与猫遇见了,燕被捕。

---
①本文中的两个"中意",《弦上》发表时作"愿意"。

燕向猫哀求道："我给你唱一支小曲子,你把我放了好吗?"

猫的眼睛一转,他允许了。

燕于是唱道——

从前有一个美丽的天使,

上帝的最小的女儿,

她在云的头顶上唱着飞着,

能听见她的歌的便被祝福了。

在无数年之后,

她开始飞向人间,

但被云绊了一跤,

她掠在一个愚蠢者的唇边。

你愚蠢者呵!

你能放过你自己的幸运吗?

到曲子唱完之后,听者已经倦了。于是,猫听了好听的歌,而且吃了好吃的肉。

人类的由来

你轻佻的人们呵!你们不是那个创造者手掌里的一个小玩意吗?如他的指头一屈者,则你们——跛了!

从前有一个女魔,没有怀孕,却生下三个儿子。她所最爱的那个最小的是三个里的一个最傻的。一天她睨视着他,她的手像抛掉什么东西似的无方向地摔了一下,说道:"去吧!"

后来,这个最傻的孩子便成了人类的创造者,而人类的历史便从他而开始。

咄!女魔,我的爱!

太阳与月光[1]

月亮本来没有光。

一个晚上,太阳旅行到西海之滨,在他的正对面,他望见了月亮。

"一颗精致的小球呵!"太阳惊异地想了。

"但是,这还缺少些什么,这——我能够分给她一些吗?"

太阳想着,用了他的全力把他的光向着月亮发射出去。

潇洒的月亮忽然感到了一种过度的紧张,震动得几乎要昏眩了。她不知道什么缘故,立刻用了她的全力向着远方跑去。

太阳立刻追赶着在她的后面,用了他的全力。

在光的赠与与逃避的争执中,月亮开始变成白黄色的了。而且,在每一个月的末了,月亮几乎要被追上的时候,她便有一天藏在一个看不见的地方。

小火的悲剧

一苗小火在山的脚下草滩里玩耍。她打着跟头[2],她竭力向四面扩张,她想打出一个大的圈子[3]。

她忽然觉着全身发热,好像她要被烧化了,她看见她变成一大的火。

"是魔鬼在捉弄我吗?"她惊异地想着,开始向四面逃奔。

大火追赶着她,直到她所能够逃避的地方。

[1] 本篇及以下5篇原载《莽原》半月刊第13期(1926年7月10日)。
[2] 跟头,《莽原》发表时作"筋斗"。
[3] 圈子,《莽原》发表时作"圈"。

"大火的完成〔——〕①小火的灭亡。"可惜到小火觉悟时,她已经死了。

云的起源

我们现在看见的那个最大的火球,它在先倒是一个多情的怨女,没有东西比她流过更多的眼泪。

一天,她旅行到一个山顶上,疲倦了,便停在那里歇脚。走时,她把手绢子忘记带了,那是铺在她的身下当褥子用的。但她觉着很轻快,所以也便没有回去取它去。

这一幅绢子里边渍满了眼泪,被山上的干燥的空气蒸馏着,被风吹在空中,它的眼泪便二次又流了出来。它轻松,它舒展,于是分散着落到各个山顶上。

因为同样的缘故,它们不断地常聚会在空中。

我们现在却叫它们做太阳与云了,而也不知道雨是悲哀的产物。

施予与报酬

墓冢立在路旁,等候着行人。

行人从它身旁走过去,没有一个人睬它。

"他们为什么那样冷酷呵!"它想着。

墓冢把它的冤苦诉给自然。

自然用它的沉默的眼睛睨视着它,说道:"一架骨头对你已是太多的享受,你个不劳而食的蠢物呵!你如能使死骨生肉时,你的门槛将无法避免要被踏穿了。"

名字的历史

一个不朽的名字长生在古

---

①这个破折号,据《莽原》补入。

书中。她常听见人们用敬重的口气称呼它,但他们都不去问它是谁。

"究竟我是谁呵?"它犹疑着问它自己,它找不出一个是属于它的身体。

"我的身体那里去了?"它终于丧失在不可忍耐的痛苦中。

一个少年老人走到它面前,问道:"光荣的孩子,你今天如何这样忧郁呵?"

它把那个缘故告诉了老人。

老人叹了一口气,说道:"你是没有身体的,因为他们用侮蔑捣毁了那个身体,所以把光荣给与了他的名字以为他们赎罪。"

"我宁愿受他们的侮蔑,因为我爱我的身体甚于我的光荣。"它气愤地说了。

老人几乎要掉下泪来,他可怜这个太没有经验的孩子还不知道那也正是他们所做就的不可逃脱的圈套呢!

那个最伟大的诗人

人们都不知道他是一个诗人,也没有见过他的一首诗。

但最古的记载上却有这一段写道——

当地球最初变成一个硬块的时候,它只在空中乱撞着,因为它缺少一件最重要的东西。一个原始的诗人看见这个,他本来以为没有可值得他写一行诗的了,但他的同情终于破坏了他的决定,他便破例又写了一首诗赠给地球。从此,它得到了它的力,它在那茫无涯涘的大气中,创造出它自己的道路。诗人自后遂终绝笔云①。

① 末句,《莽原》发表时作"诗人自此乃终于绝笔云"。

愚蠢的智慧

燕子在树枝上叫着,大石立在湖边。

大石想:"我知道这叫是从树枝上来的,而且那叫的是一只燕子。"

燕子听见它的想,她哀泣道:"世间原来没有一件东西听得懂我的歌!"

一个小儿从树旁走过,用一块石子掷在枝上,燕子绝望地飞去。

大石想:"我知道那掷石子的是一个小儿,而且燕子逃走了。"

一次胜利[①]

两个小儿在林中打架,他们各被他的对手摔了一跤。

"我得到了一次胜利!"两儿都各想着,从欢跃中跑出了林外。

平凡的普遍

群众唱着合欢歌——

> 我们从父母的身中走出,
> 经过了妻子与朋友,
> 我们走到坟墓里,
> 除掉孩子之外,
> 我们没有遗失了什么。

[①]本篇及以下13篇(不含《凤凰的再生》和《解放之后》)原载《小说月报》第17卷第9期(1926年9月)。

蒙　昧

几个星在天上遥遥地谈话。

一个星问道:"听说有人们叫我们以各样的名字,究竟那一个名字是属于谁的呢?"

于是他们便互相猜测,他们都把不同的名字给与别的一个,他们都自以为对的,虽然觉着这是一件无聊的勾当。

从此以后,他们到无聊的时候,便常互相叫着他们所猜中的名字。例如——

北极星向南极星叫道:"文昌哥儿,你渴(瞌)睡了吗,那样懒洋洋地?"

南极答道:"织女姐儿又在说做梦呢!"

夜的占领

案上点着一支蜡烛,一人据案急书。夜占领着其余的全屋。

"我如何能够把蜡烛吹灭呢?"夜想着,用眼凝视在蜡烛的身上。

"我要休息,倦了。"蜡烛想着,身体便摇摆起来。

"是睡觉的时候了。"人突然停住了笔。

蜡烛灭了,人停在床上,夜占领了其余的全屋。

从它的叶到它的根

当大风来的时候,树根沉默地想:"我决不摇动!"

大风来了,树叶摇动着,在它的恐慌中。树枝悲哀地想;"我决不摇动!"

大风来了,树叶飞在空中,树枝摇动着,在它的悲哀中。树干痛苦地想:"我决不摇动!"

大风来了,树枝被摧折落在四面,树干摇动着,在它的痛苦中。树根沉默地想:"我决不摇动!"

大风来了,树干倒在地下,树根于是完全沉默了,在它的沉默中。

一个艺术家

猫头鹰初出世的时候,它想做成功一个艺术家,因为它很明白它自己是有那种天才。

它第一次睁开它的天才的眼睛,时间是夜里。在一个岩石上它威严地蹲着。

它第一次观察一切,它想去发现什么是光明与黑暗。

时间是夜里。一切都在发亮着,但没有跃动。他想:光明大概快来了吧。它的心跃动起来,飞到对面的一颗(棵)树上。

它的心在树枝上跃动着,随着树枝的影子投射在地下,只有微小的乌黑的星,遮蔽着天空,他想:光明大概快来了吧。

但一切都在静默着,使它的跳跃的心变成迟钝,怀疑的阴影第一次侵入它的眼睛。

时间是黎明。一切都在陷落着,恐怖的压迫中断了它的想,使它飞到它所从来的去处。

它忧愁地蹲在岩石上,开始觉到它所遇见的大概是黑暗。它惊慌着。

太阳上升了。它的眼睛也陷落在黑暗中。它无所见,无所想,一切都不复存在。

时间是黄昏。猫头鹰开始发表它的警句了:夜是光明,而昼是可怕的黑暗。

凤凰的再生

两个天使,一天他们都厌烦了天国的和谐与美丽,他们不约而同地叹道:"我如何能够到什么地方旅行一次呢?"

于是,他们两个立刻便成了同志,他们一路从天空飞了下来。

他们停止在一座大山上。他们的呼吸开始急促起来,因为那里的空气是那样污浊,停滞。

"一个更坏的世界!"他们二次不约而同地又叹了出来。

这时,在山上所能望到的一块地方便出现了一些奇形怪状的东西,有大部分都蹲在地上,倒像在欢呼着什么似的。

——那两个天使望见的,便是皇帝的巡狩呵!

于是,天使们气得都几乎要哭了出来,这是连他们的眼睛都没有想到过的一种奇形怪状。

从此,天使们二次又回到天国,永远没有再下来,因为他们爱那里的和谐与美丽。

这两个天使便是书上所说的凤凰,但人们却误会为他们是为那个皇帝而出来的,虽然他们正是为那个皇帝而回去的。

从此,我们的国里便再没有看见过凤凰,除非到了一个和谐与美丽的新的时代。

古 训

一个圣人告诉农民们说:"你们耐劳,所以你们应该忍苦!"

农民们没有懂得这是什么道理,但因为他们已经那样做了所以也没有反对。

那是一个真理,一直传至现在还是一个真理,那"你们耐劳,所以你们应该忍苦!"

而且，那个圣人是在四千三百二十一年前的一个不知道日子的中夜暴死了的。

被压迫者的心理

老牛拉着载重的车从一个地方出发。老牛的汗同它的主人的鞭轮流着给它落下。

老牛不知道什么叫做痛苦，它只知道往前走。

要下坡了，老牛想着："游泳是好的！"它便被什么推拥着从坡上走下，它的汗同它的主人的鞭轮流着给它落下。

这便到了平地，老牛想着："睡眠是好的！"它便感到安稳，那样它走到平地的尽头，它的汗同它的主人的鞭轮流着给它落下。

于是，便要上坡，老牛想着："飞翔是好的！"它像在追赶着什么，达到坡的顶端，它的汗同它的主人的鞭轮流着给它落下。

传　统

每一块墓石上有一块碑文，这便是历史与老人的意义。

每一个人初生下来便同老人住在一块。老人爱他，因为他计虑着关于他的碑文者。

于是，每一个新生的人都很快地成为碑文的抄写者，保存者与传授者，这样，每一个小孩都很早地盼望着他的老之将至。

但这，应该换一个说法了——每一块人上有一块碑文，这便是历史与老人的意义。

民间的损失

古代有很多的美的传说创造自民间而且流传在民间的。到秦始皇焚书而后，这些传说独特地保存着，因为他没有焚到人的嘴上。

后来,秦五皇便出来了,他发明了抄书的事业,抄那些从前所焚过的一部,而遗弃了那些没有焚过的。

到秦十皇的时候,传说于是绝迹于人间而且也没有人说过:"抄书之祸甚于焚书!"

红的分类

红有两种意义:——
那在太阳的脸上的是代表光明;
但那在人类的脸上的却是代表羞耻。

调　和

小船向湖祈道:"让我载人过去,但我不妨碍你的流动。"
湖没有回答,但她展开一条道路给它。
于是,人在船上过去,水在船下流动着。

等　待

有人想着:"明天到来的时候便好了!"
又有人想着:"明天到来的时候便糟了!"
世间只有这两种人,而他们都悲戚地度过了今天。

解放之后

爱从结婚中跑了出来,她欢快地跑着像一个脱狱的囚犯。但她的头上还保留着那长厚的头发。

人们看见她时,第一便看见她的头发,便都逃避开她,他们想着:"一个脱狱的囚犯!"

爱终日终夜地跑着，但她的欢快随着时间逐渐减少着而至于无。

爱从结婚中跑了出来，她焦急地跑着像一个被逐的脱狱的囚犯。她的长厚的头发保留在她的头上。

人们第一便看见她的头发，一齐便惊喊道："一个脱狱的囚犯！"但他们并不敢上去拦阻她。

一切都厌恶了，爱最后跑到一条荒沟里，她静静地蹲在那里。她变得那样冷像一块冰。

人们在沟里看见那一块冰蹲着时，他们什么都没有想，因为那时正是冬天。

也没有人知道她还回忆过她在结婚中的那些日子没有。

生与死

兄弟两个，一个叫做生，一个叫做死。父王仙化时，遗嘱道："让你俩平分了我的王国。"

他们分了手，各自去行他们的职权。在许多年之后，他们忽然在一天又遇在一块。兄弟那样枯瘦，而且他没有看见过像他的弟那样的胖。

兄问弟道："你那样的胖，你能够辨（辩）护你自己的失职吗？"

弟回答："我的国里，我找不见我可以做的一点事，因为一切都平安，一切都满足。"他说着，便以同样的问问他的兄。

兄叹了一口气，答道："连我都快要归化你了，我忙而我找不到一点成绩。"

于是，弟第一次也叹气了，但他可怜他的兄的无用。他便约定了日期去参观他兄的国。

那时，正在夜里，一切都在睡眠着，除了那些呼吸的游丝在空中颓废地飘荡着外他分不出他们同他的国里有什么差异。

他对他的兄说道:"这正像我的国里的情形,那末,你再把它分给我一半好吗,如其你没有更好的法子的时候?"

兄允许了他的要求。从此以后,他们兄弟两个,生与死,便共治了生的王国,而且它的国人把那较高的拥戴逐渐交给那个弟,直到两个王国合并成一个为止。

老战士和他的老马[①]

到战争完结了的时候,老战士把他的惟一的喜欢读书的孩子叫到他面前,吩咐道:"一切都随着我的战争同我的生命要完结了。只有那一匹老[②]马,那是我的最后的一点[③]剩余。到我死时候,你要尊敬它像尊敬我自己。"说着,他闭住他的眼睛死了。

孩子尊敬他父亲的吩咐,他用了同样的尊敬去尊敬那老马。

但是,那匹奇怪的马,它什么也不吃,什么也不喝,每天只是叫着,正像每次战争开始时它所做的。

这样过了三天。

末一天的早上,孩子到了马棚的时候,他看见它直立地死在槽下,它的下眼皮挂着两颗血珠,蹄很深地陷在地内。

从此便再没有战争,孩子平静地读他的书。

历史的势力

心疲倦了。它告诉它的眼睛道:"我要旅行去,你注意你所看见的,回头报给我。"

心于是走进了它自己的梦中。眼睛想着:"我也可以旅行去,反正什么地方会没有我看见

[①] 本篇及以下3篇原载《小说月报》第17卷第10期(1926年10月)。
[②] 老,《小说月报》发表时缺。
[③] 一点,《小说月报》发表时缺。

的呢?"

眼睛于是闭住。它看见一个新的梦。

心醒来时,眼睛作了它的报告。心很满意,因为它已经忘记了它的梦。它并且根据这一个报告去作它一日的新的努力。

一日复一日,这样地,心向着一个新的方向去开拓它所没有到过的境地。

爱的沉默

爱人们碰在一块,他们拥抱着。他们竭力想说出一句话来,至少一句。

一个声音响着:"我多么爱你呵!"别一个声音应着:"我多么爱你呵!"——这其间。

爱人们拥抱在一块,他们竭力想说出一句话来,但是他们终于找不到什么是他们所要说的那句话。

艺术与悲哀

当那个最大的母亲把人类造成的时候,他们还都是些小孩。他们活泼,欢跃,然而粗俗浅薄。

母亲很忧愁,这不像是她自己的孩子。她竭力想着如何去做她的第二个工作。

她拿起一把剪刀,用五色的美丽的云剪成许多蝴蝶的样式,她把它们放在嘴边轻轻地吹了一口气,便像一阵奇异的雪花从空中飘扬地飞散了下去。

那时正是夜里,孩子们都满足地睡在床上。每一个蝴蝶从每一个小孩的胸口飞了进来。他们立刻便都做了一个同样的梦——这是他们第一次的做梦。

次日,他们醒来时,他们的梦都已忘记了,但是都觉着有说不出的苦楚似的,他们第一次互相很亲密地两两地握住他们的手。

诗人的梦

一夜,小湖走进诗人的梦里,问道:"我是这样美,你来是这样久了,为什么你不给我唱你的一个歌呢?"

诗人沉默着,但他的心允许了她的要求。

次日,诗人想起他的梦来,他便想写一个歌,给他所爱的那个美的小湖。

想着,想着,他想到人间的恶浊与饥渴。"我的歌都那里去了?"他终于像死一般的叹了出来。

于是又夜了,诗人回复小湖说:"因为你是那样美,所以我来这样久了,我不能够给你唱我的一个歌!"

小说

革命的心[1]

一 梦

革命诗人刘天章从监狱出来之后,在一家书局取了五十元的版税,趁了定生船从上海回北京去。这时是十五年的冬天,天上人间都充满了严冷的空气,诗人的心也像要冻住了。他这十四天的监狱生活,在他的愤激的情绪上燃了一盆烈火。当他初出狱门的时候,他看见这个世界异常地可爱,像刚从肚子里爬出的一个婴儿,他应该哺乳它,用了更大的牺牲。可是没有经过了两天的工夫,他的这种超然的纯情,被那夹杂着人气的海风一吹,一齐都烟消云散。他仍然是颓丧,懒惰而且不平。他觉着他的旧病又要犯了。

"我可以回北京走一趟,或者——"他这样想了之后,当天的晚上,他已经是统舱茶房间的旅客了。

统舱的茶房间,在一只船上,算是最下等的上等地位。它比统舱好的两点是:空气和铺位。他觉着很安适的。船摇动了,他的思想也随着摇动。他的家庭,监狱,和那个全盘的世界,都在他的思想上摇动起来。他觉得自然当真是一致的,一切都像这船,连他自己。

"我回北京有什么事情做吗?"

---

[1] 原载《新生命》第1卷第3号(1928年3月1日)。

他问他自己。他想不出一个答复来。他也许是想回去看看他的朋友们,他也许……他想回去看他那个真正的朋友那北京的狂飙。他是同它一般生下来的,一般长大了的,以致他离开了它像是离开了他的心,像是一苗无根的草。

"我要革命,我回去只停两个礼拜,我要取我的革命的心去。"他想着,直到他的心疲倦到睡的时候。

天章恍惚在北京的一条街上走着,他遇见他的一个老朋友了。那是他的一个七十岁的老朋友。他本来是住在乡下的,大概这时已来北京住了。他像是获得了一件宝贝似的欢迎他,连他的那银白的胡须和头发,都像乐得在笑了,那个精神健壮的老头子!

"你这个时候回来了吗?真是最好也没有的事!"老头子赞叹着,问了他一些别后的状况,便硬拉着要到他的家里去。他是非常赞成的,这事,他非常赞成地去了。

他的客厅收拾得非常精致,我们的诗人一看便知道这是他女孩子的手笔。他恍惚是立在云端,俯视着那玲珑小巧的地球,珍珠般的星儿满挂着在他的头上,他却像忘记了欢乐,他像在等候着什么奇迹的降临,他……

正在谈话之间,一个绝美的,绝美的女子走了进来,夹着一个皮书包。

"爸爸!"这声音像银子一般地响。

她已经看见他了。她显然有些心跳,她的藕白的脸上立刻浮现出桃色的红,她的眼珠立刻透露出惊奇、欢乐和光荣。片刻之后,她又镇静下来,微带羞涩地笑着向他点了点头,站在她爸爸的身旁。

一个人到了幸福的时候,他会失掉了知觉,一切他都会忘其所以。幸福是一件没有形体的东西,它也会使别的东西没有了形体。我们的诗人现在是一个幸福的人了。

"你同天章谈着,我……"老人说着,走了出去。

他不知道这样个世界是如何创造成功的,他于是乎知道这是梦了。他现在是幸福在梦中,同那个梦中的她。他同她谈了一些甜蜜的,甜蜜的语言,这些语言从他的或她的嘴唇上进出就像纯熟的樱桃从它的母树上落下。他们不像是初次的倾谈,他们是久别的爱人的重逢,因为他们那样投契地谈着,正像是背诵那读熟的词句。这是谁告诉她的,谁在指使她呢?他已爱过她三年了,他几乎爱得快忘记了。她呢,她也已三年了爱他,她的爱成熟了。他们完全地领会,完全地了解,完全地信赖了他们自己。

老人走了回来,装出像什么都不知道的样子。他告辞,他们送了出来。老人嘱咐他在他未走以前时常到他家里去。他……

船在摇动着,他看见他睡在黯淡的灯光下,他笑了。

"这是一个真是的梦,"他对自己说着。他接着便追问他自己为什么会把这样一件事忘掉,他的这一段已到期的未了的心事,梦把他唤醒了。它是真实的梦,也是真实的事实。他得到意外的满足,像是一个无归落的迷魂,遇见了仙子的引渡。

"我有了我那回北京的职务了,"他最后找到了他的答复。

二 他从梦中回来

十六年冬天的北京,据住在北京的一般人说,是最穷的北京了。要说到颜色上,却也要算是最黑暗的北京。文艺家说:寂寞呵!哲学家又嫌太紊乱。一般的人们又都显出对于什么都没有办法。穷在那里的青年学生们,都像是大祸临头,找不见出路。为了目前的生活,为了中国呢,是该加入革命的战线。可是为了生命,却不能,牺牲须要有确实的代价。歧路上的徘徊者们无从抉择那一条是正路,又不能不去走一条路,所以他们走上了歧路:有一些人抱着颗热切而恐慌的心,离开北京,有一些人平安地,愁闷地留下了。

我们的诗人自以为他不是这两派中的任何一派。第一,他靠了他的作品能够维持生活;第二,他如偷安一时呢,他便会创造出革命的艺术;第三,他如再去参与那实际的革命,他敢决然地相信他没有一点自私的观念。假如在我们的诗人的前面有三条路时,他便以为三条路都是正路,而他又可以同时都走:唱着革命的歌儿去革命,不是为了一块大洋。

可是,现在在我们诗人的前面却开了一条岔路。虽然他没有那种主见,但是,事实会证明,他回北京完全是为了恋爱。这个时候,人有讲恋爱的特权吗?他便又计算有多少人是为恋爱而去革命,他决定了回答:有!而且他显然又是对的:他恋爱,只是为了一个梦。

有北京的狂飙在欢迎他,他一接触那雄壮,激昂,凛冽的声乐,他立刻像是一个历史上的英雄了。他得胜地回来,能够再见他的故乡!他瞻望那些灰色的景物,像卷在沙土和冰雪中的,如都有生气,而且能说话。它们都在欢迎他,那北京和它所有的一切!他十分感激地领受它们的盛情,它们是中肯,坦白,自然,虽然苦艰,然而却伟大。就像那狂吼的风,它只像在行其所不得不行,但是它不伤人,它反而可以鼓舞人的勇气,磨炼人的坚忍。

"而且北京是美的,"他想,"因为它有那美的心,有那美的女子。"

他为了这种精神上的特殊的畅爽,他下了火车,便步行一路走来。人家也许说他是一只候鸟,因为他大远归来却没有携带一点行李。他像是早已回到北京,他今天在从南城走到东城,嘴里哼着一种不知名的调儿。

"刘先生回来了,可发了财了吧!"这是一个守门的老婆子的声音。他回来了,他正是一只鸟儿,飞回他的故巢来了。

每天总有捕人的消息。他的一些朋友们,在他们会见之后,知道也有几个被巡逻上了。人总是聪明的动物,它们有在别的动物间所看不见的种种的花样:它们能够这一部分人对待别一部分人就像人对待别的动物。在他的朋友中间,也有的还在写小说,有的在演剧,也有的颓废到整天萦回着自杀的幻想。但他们却是一致地穷,一致地没有一颗镇定的心。

这个时代的青年都是富于自信的,但都没有应付环境的能力。爱真理不如爱自己的意见。知道反抗而不知道同情。说不出什么理由,却时常想破坏一些什么东西。想报复,想流血,然都没有实行的精神。天章也是这些青年中的一个,他自然也多少具有同样的色彩。但他显然同他们在精神上是相反的,这便是:他是真理和爱的拥有者,他尊视建设,他不咎既往,他又是一个思想即实行论的创发者。他同那些青年们的感情是非常之好的,只因为这种精神上的差异,使他们在思想的结合上不能有十分的默契。所以天章很少有机会畅谈过他的主张。他像一个卖烧饼的,照着相当的数目在这一个村庄里卖了,他便又挑着到别一个村庄上去。他真确地知道:那下一个时代不久要来了。

这时,便有三个朋友坐在他的房里。他们在乱谈些关于文坛和演剧的事。

"听说张燕梅要演戏了,同李秋香们一块。"他们里边的一个说。

"真的吗?"天章惊异地问。

"真的,是听李秋香说的。"别一个青年回答。

"演什么剧本?"

"还没有定。"

"她如真的演时,我给她编一个剧本不好吗?"

"那她一定会非常之欢迎的!"

一定会非常之欢迎的,真的吗!燕梅女士,那个他早在潜爱着的燕梅,那个又漂亮,又有钱,又有名气,又是广交游的女子!

"她有一次,对着很多的人,她还称赞你是中国的明星呢!"他的别一个朋友又说。

"真的了! 我的梦,我的认识,我的感觉,我的朋友们的谈话,一切都是真的! 我无须奇怪,因为这些都是我意中的事。"他想了之后,他们的谈锋又转到文坛上去。他们快乐地谈着,直到他们分手的时候。

他知道那将要演剧的,不只是她,而且有他,而且他们将要演一本喜剧。这是很自然的,因为他们已经排演到十分纯熟了。

三 梦的实现

这是个下雪的天气。严冷的天空包围了银色的北京。富人们关在家里,穷人们倒毙在路旁。而大多数人们却仍然在街上奔波,只是头颈缩小了它们在空间所占据的地盘,脚步加快了它们的速力。在这个时候,不慌不忙,稳坐在房里,幸福到忘我,做着温暖的梦的,也许未必能够有几个人。张燕梅女士便是其中的一个。

她从学校下课回来,便打叠起心思来想这几天她的新的遭遇。她那一天接到他的信时,她受了那种意外的幸运的来袭,她以为他是从上海来信的了。她已好久了,她的秘密的思想常在系念着那个上海的他。她在一个刊物上早已拜读过他的那些华艳的,情深的,生动而且肉感的恋歌了。虽然它们是属于多个主人的,而且是回忆的,游戏的,或者怅惘的,但她的敏感启示她,它们的神异的产生完全是用了来诉说一种对于她的恋慕。这也正是她数年的梦了。她只是为了服从她那女性的心,她没有敢显然把这梦宣布出来。她有时也曾在什么上暗示一点微意,但有时她又在过分地掩藏,反给与她的内心以相反的说明,这是多么危险的事呵!这种危险也许是很普通的,也许没有人曾经失陷在它里边。但这总是女子们的一个极危险的危险。她们总须从这种危险中走了过去,这是爱的关口。她走过来了。她想她不久将要看见他。她将要心跳……于是她便知道他已回到了北京。

"他什么时候来找我呢?也许便是现在——"她想。

"张先生,有位刘先生来拜会你呢!"一个老妈子进来向她说了。

她心跳:他来了!

"请到客厅里去!"她说,竭力装着镇静的样子。

刘天章没有在客厅候人的习惯。这大抵因为:一、一个青年和一个诗人,常有那种自由而不安分的脾气;二、一个青年和一个诗人,常是一个反节文的纯真主义者。可是,现在他屈服了。客厅又这样大,又没有火炉,他冷得只在屋里旋转地走着。他时而看看墙上的字画,时而在门口望望有什么动静。这很难寻找几句适合的话来形容他这时的心的状态。他想:很好,这是一种新的情绪。在相似的情况之下,他们也曾会谈过一次。她仍将像那时的镇定吗?不能够,因为那已经是两年以前的事了。他那时很穷,又没有名气,他们又只是初次的正式的会谈。

皮鞋的婀娜的声音,他望:她来了!他装起他的跳动的心,占好了他的地位。

她已走了进来。他们恭敬地交换了一个点头。各人坐了各人的位置,桌子横陈在他们中间。他觉着自己很羞怯的,他在她那里也看见他的相似的照像。

"什么时候回来的呢?"她开始问。

"很有几天了,"他回答。

她穿着一件朴素的棉袄,黑的裙子。他一看便知道这不是她日常的装束。他这时喜欢她穿好的衣服,虽然他往常不喜欢这个。女子们真是奇异的,在一个男子看来。那是因为他是穷的缘故吗?为什么她不把她那好的容貌,好的声音也改变了呢?她比那个往日的她更为年轻了。她正是一朵初开的蔷薇,却是生长在田野里。她的圆润的,红嫩的脸蛋儿正像是初熟的果子,他将要摘下它来。她的弯弯的眉儿,多么情深,当那新月照在她脸上的时候,她曾触动过些什么思想?他那面对着的,不正是他自己的一个完美的创作,一首赋与了灵气与形体的人样的诗吗?这些都使他确信:他现在是在恋爱着了。

她问讯了一些他最近的生活,她诉说了她一些心底的良言。她显得很快乐,很幸福,像有太阳在照临着她。她很稳微地承认了她过去的过错,并且表示他早已知道他在爱她。她对他十分地感激,他像是一个天使,从天上飞来要救她走出那浮华的深渊。她说她决意要改变她的生活,她不能再那样自弃,麻木,贪享那目前的空虚的荣耀。她反而倒怕的是她不能够改善自己,她不配做他的伴侣。他说了那一定是能够的,因为一个人只要能改变她的环境,便什么都能改变。她深深地接受了他的这种忠告。

"我只祷祝能够有那么一天!"她说着,像一个极忠实的信徒在礼拜上帝。

忽然,老妈子拿了一件缎面的皮袍子进来,要给她穿上。她竭力谢绝,说她一点也不冷,争执了好久,老妈子终于惊异地又拿着走了。他非常得意,他也许尤其得意他一点都没有参加他自己的意见。他是从心底希望她穿上的,然而他满意她从心底拒绝了她。他能够不感激她这种盛重的情意吗?女子真是圣洁的,不可及的圣洁呵!

有几个小孩子在那屏风后面偷觑着,大概他们已经听说这是个奇异的会合了。他们都很感到幸福,为了那些童騃的嬉戏。

茶已经冷了。他们已谈到契合于无间的契合。她起来给他打茶。她把一杯热茶放在他前面,她让他喝,她看着他,她像一个妖精似的美丽。他不知道他看见的是什么,他在做着什么。他只预感到他将要完全地,完全地幸福了。这预感突然使他更亲近了她。他们的嘴唇突然接触了,他们突然拥抱在一块。他们发狂地亲密,一边笑着,一边流着热的眼泪。肉的跳动真是最微妙的语言,在他们的沉默中宣布了那最真实的心。他们的眼睛相互注视着,像要相互看见了他们的灵魂。

"从今天起,连我的身体,都永久地,永久地是你的了!"她忘形地说着。

"这是我的使命,我是为你而到这个世界来的!"他报答着她。

他们都强忍住那种泛滥的感情,各人又坐好了各人的位置。他们都像是快乐,而又羞怯。他们大胆地所做过的,现在倒觉着有些像偷情了。他们不约而同地望到门外,又望到那屏风的后面。一切都寂静,他们是住在他们自己的自由的乐园里,他们胜利了。

她送了他出来,他们约会了下次见面的日期。他在雪地里走着,他知道他那曾经久住过的北京还没有过这样一个明快的天地。

四 她的回忆

张燕梅在大学校毕业以后,便在一个中学校当了教员。她时常也在一些刊物上发表点文章,但她在艺术上却没有什么成功。她被社会倾倒的宁可以说是她的美貌和她待人接物的那种和蔼与明敏。她虽然也把这个做了她生活上的一点慰藉,但她的灵魂的深处却时常感到空虚和对于自己的失望。她的日常来往的朋友中也有那美貌的,聪明的,且也举止很阔绰的男性。她也知道他们也都在怀一种隐默的希望。但她对于他们却始终保持着朋友的态度。她有时简直同他们在公园里呀,北海呀各处游玩,谈到兴致上时,她也同他们随便说着笑话,几乎忘情到使他们也会误会了她的意思。然而时会一过,她便又很端庄,很正色的了。这些事实,只在适可而止地说明她有那种罗曼的性格,她仍然保留着一个少女的天真。她也未尝没有想过:她为什么不爱他们中间的任何一个呢?她的回答是:没有理由,她只是不爱他们。便连一个都没有可爱的价值吗?没有,一个都没有!他们也都是一时薄有文名的。然而当他们称赞她的那一篇文章好时,她觉着这只是她所不愿受,又不当受的恭维罢了。

"我为什么不能成功我的艺术呢?因为我没有那样心情,或者说,没有那样生活。我为什么?因为——"她常这样自问自答地想,她的微妙的心灵便常引她到那别一面去了。

不料在这几天之内,她的生活忽然便达到一种不可攀延的高度,这使她自己都觉得有些不可信,太大胆了。像是一阵洪水把她同她的一切都浸泛了,而他又像是在一个晴明的天,在一个平原上突然喷发了出来的。幸福的来临，变动的节奏，使她来不及睁眼去看，她已经是属于他了。一个罗曼的故事，不是创作于那有罗曼的性格的人，而是创作自自然的。它是神圣的，而同时又是现实的，那还能说它不是自然的吗？她希望这种生活已经很久了，她几乎已经要绝望了；然而她却没有想到他到来的时候，却竟会这样容易，这样突变地不需要自己用一点力量。

她同他认识已经在三年以前，她初从大学毕业的时候。但她早已从人们的传述间听说过他了。他是一个顶奇怪的人，人们都这样说，他们佩服他的天才，他的刻苦，他的牺牲的精神，而攻击他的骄傲同不识世故。有人说他是一个神经病的患者。他后来同她的父亲认识了，而且很相好的。她便也是从她父亲那里才遇见了他。他能够不是一个奇怪的人吗？然而她的印象，竟不能够再从她的洁白的心上洗涤去了。她觉得连自己都奇怪了。她一点也没有触动过爱他的念头，但是她似乎已在爱他了。这能够叫做爱吗？不能够！这只同一个人看见过一次奇怪的景物便不能够忘记了是一样的，这不能够是爱。然而这张奇怪的景物的照像摄在她的心上，竟一日比一日显明，而且渐渐地生动，竟至主宰了她的所有的思想。

她每逢从那许多许多的人们中间特意去想那一两个人时，那便是：第一个是她的母亲，第二个是她的父亲，接着便是那个奇怪的人。

她的父亲也常对她述说他的行为。

她需要改变她的生活了。全盘地改变吗？全盘地改变！她将要舍弃了她的职业，合弃了她的小康的生活，合弃了她的环境。这些对于她是很舒服的，然而她被埋葬了。她想起她日常的那些朋友们来，她觉得几乎就像她在想着她在孩子时候所玩过的傀儡人儿。他们将要怎样批评她呢？社会将要说些什么呢？一件人人都料不到的事情,她做出来了。人家将要说:她被一个魔术家拐走了,拐到不知道什么地方去了。这是一件傻事,却是由一个聪明人做出来的!

　　她已经打定了她的主意,她只待看见他时,她便完全宣布出来。他一定也会奇怪的。他也许以为她终会是一个不革命的女子。然而那不革命的也许是他!他如何能想到她会这样改变得快呢?他也许以为他收了一个学徒,他将慢慢地教育她。而她却要去做一个急先锋,做一个比他更勇敢的战士。爱的意义便是一种更大的惊恐。它需要使接受它的人禁受不住。这样爱,人们便幸福了。两个人走起路来,要比那一个人走路更快,而其中那个最快的也许正是从前停在路旁的那个,这便是爱!她怎样快乐呵,因为她在创造那快乐,而且完全地赐与了他!

　　她在焦急地等候着他们二次见面的那一个日子。

五　他的回忆

　　他从第一知道世间有她的附候,他便爱了她。他以后认识了她的父亲,他知道他所遇到的是什么机缘了。他已经梦见过她。当一个女性在他身边走过去时,他常想起她来。那时,她是一个大学生。但他呢,一个漂泊者罢了。人们的传说又好像都是反对他似的。人们也都说她的坏话,把他们的谣言当做了她的事实来宣传。他常是她的辩护者。她也将为他辩护吗?大抵人们的习惯常喜欢拿别人的生活来做自己开玩笑的材料。如其一个人同一般的习俗多有冲突的时候,就像他是一个奇装异服者,更会变成众矢之的了。但他呢,他便专喜欢这样的人,因为这正是他自己的同调。

　　他同她的父亲相交有半年的光景。他们的感情是好的。如果他要立刻对一个人表示他的好感的时候,那个人便怕没有法子不喜欢他。那老人也委实是一个和善的人,又有点名士的派头。他们又都有喝酒的嗜好。他常从他那里听到关于她的述说,她是他惟一的溺爱的女儿,几乎可以说他活着便是完全为了她的。她在很小的时候,他便教她看《红楼梦》,《水浒》一类的小说。她在中学校的时候,便一点钟可以写六七百字的文章,而且不改一个字。她只是贪玩,不大肯用功。她爱自由,惯好同教员们打麻烦,因此还竟被开除过一次,近年来她也像很寂寞的了,那快活的小人儿!她放假回到家里的时候,她没有人谈话,便时常游山玩水,或者坐在房里。而且,有时夜间,她被臭虫咬着,竟像一个小孩子似的娇娇啼啼地哭起来了。

他那时,便预备着看见她的时候要到了。她将要怎样对待他呢?爱他或者不理他?那老人,他将要述说些什么,在她的面前,他将要怎样介绍他呢?

时候便来了。他们已经认识过而且谈过话了。她完全地淡漠:他相信他是失败了。

他们说她很胖,她的腿可笑地粗。不料才是那样个袅袅婷婷的美人。她又喜欢随声唱着歌儿,他不知道那是什么歌,但他觉得那是好听的。

他从那第一次在北京拜会她以后,他更加完全地明白:一切都完了。此后他便想竭力忘记了她。可是,他每逢走路的时候,如其可以从那里经过,他总乐于绕一点道从她的门前过去。他没有一次看见过她。他想,她也许是搬了家。

可是,他无意中在别的街上走着时,他却遇见过她几次。她总是匆匆地坐在洋车上过去了的。她总是掉回头来望他——远了,她显然是不敢认他了。他呢,他又如何能够决定那一定是她呢?

在第二年的秋天的一日,他又在公园里遇见了她。那时已是晚上了。她同几个朋友离他不远地坐着。他们在讨论演戏的事情。他从那微风中传送过来的声音知道那是她。他也依稀还能认出她的那种特有的姿势。他们谈得很热闹的。那其余的是些什么人呢?唉,是几个二百五的青年文人呵!他也有他的朋友在一块谈着。他几乎有些情急了,他放言高论地谈起当时文坛的现状。他几乎骂尽了一时的那些大的小的,所有的文豪。他看见她回头望了他几次,她有时又像在倾听着他说些什么。那一晚,直到公园里没有一个人了的时候,他才同他的朋友们走了出来。他一夜没有能安睡,他知道他做了多么坏的一件坏事!他恍惚梦见她死了,他伏在她的尸首上,接吻她,她的冷的嘴唇像一块冰。忽然她又坐了起来,他惊得便跑,他听得她的声音在他的背后喊着。他醒了。她将会恨我了吗?又是些什么梦呢,那今夜她在枕上所遇见的?

不料,没有几天,他又在一个演剧的团体遇到她了。他们又认识了,而且她待他又非常地客气。可是,不知道为了什么的缘故,他却没有再去找过她一次。

不久,他便携带了他的使命,离开北京,到上海去了。

上海的卑俗的风习,和那种军阀的,尤其是帝国主义的最露骨的横暴,催逼着他把他的全心都贡献给那革命的事业,艰难困苦,都只能使他更加勇壮起来。可是,日积月累,他亲切地感到,原来没有一个人能真正了解他的。有一些人简直以为他是一个狂人。有的人简直误认他的博大为一种愚蠢。他知道他们在他的背后嘲笑他了,虽然他们在他面前是十分要好的朋友。他真心地,真心地待他们是最好的朋友！他颓丧了，他伤感了。他想起了北京。想起了北京的她，想起了……他便写起诗来，在一个刊物上发表出去。他知道他仍然在需要着恋爱。这些诗便做了他的情感的惟一的寄托。他几乎是毫无目的地抒写着，虽然他已预感到他的恋爱将要在这些诗歌上开花了。

于是，他便坐了监，他又走了出来，他又离开上海，他又回到北京。

这些不都像是一个梦吗？现在，也许他的梦正在要醒了。当他追求她的时候，她躲开了他，到他忘记了她的时候，她又盈盈地走出来了。好的，让她出来也好，因为这正像是他所在摸索的呵！

六　古屋新生

在东城的一条僻静的胡同里，有一所中等样式的房屋，是刘天章数年来常住的地方。进了那间寥廓的东屋，看见陈设简陋，除了各处堆满了书外，最多的便是尘土。这很像是好久了没有人迹。天章住了进来，又已一个礼拜多了。他因为马上又要离开北京，所以也懒得收拾它们。因而有人编派着骂他，说他的房里是不会有阔人来的。为什么需要他们来呢？这不是太可笑的话吗？可是今天，他孩子般地想着，却真要有一个阔人来了。他也许还没有想到过这样一个地方会被这样地享用。他从早上醒来的第一眼中，已看见这里像充满了艳阳。他觉得从她这一次来临之后，这条胡同，这所房屋，它们将永远是新的，是被人纪念的了。

他们所说的她要演剧那件事，她那天已向他当面更正过了。可是他以为也不妨相信了那是事实。因为她其实已作了剧中人了，而且他也是的。他已为她编好了剧本，或者说，他们两个人已合编了剧本，他们又已在合演了。那天演的是第一幕，今天的便是

第二幕了。他已出现在台上。她将什么时候才出来呢？她将说些什么，做些什么呢？他虽然像初次登台，又像是忘了剧本，但他却一点也不露出慌张。因为他知道，到那必要的时候，他自会做出那极自然的表情，念出那段纯熟的剧词。

当她在门上轻轻地一推的时候，当那门房里的老妈子刚"谁？"地喊了一声的时候，他早已跑出门外去了。当然是她！他用力地握了握她的手。他们互相谦让地走了进来，面对面坐了。她正像一个生客那样不自觉地望了望屋内的周遭。

"从那里来的？"他先问她了。

"刚下了课，从学校来的，这两天可真忙极了！"她说到这个忙字加重了语气。

"还有几天就考完了？"他又问，也许他希望那便是今天。

"后天再考一天，罢罢，就算完了！我一天都不能忍耐了，这样没却个性的事！"她说时，微微地蹙着她的双眉。

他怜悯而又快乐地望着她。他知道这几年的单调的生活几乎葬送了她，她现在已经深刻地感受到了。她也许后悔不应该直到现在才对他宣布她的心迹。他又知道了她现在预备着做什么，这几乎是出乎他意料之外的奇迹了。

他们随便谈了些关于那个学校同它的学生的闲话，引申了来又谈到教育。他们一致承认了在革命成功之前，教育是没有法子办的。他们又谈起近几天来又被抓走的学生，都不知道下落。最后，他们便断定了这时的北京，实在是一个最黑暗，最黑暗，最黑暗的北京。

"你预备什么时候走呢？"她突然问了。

"走吗？走那里？"他出其不意地这样反问着。"我本来想回北京住两个礼拜,但是我已经快要住到两个礼拜了!"

"都好极了,那我希望你就走!"她说时,立正了她的身子,表示镇重。

"就走? 那末——你是什么意思?"他像在试探地问。

"我是说,照你原来的计划,你住到两个礼拜,便立刻回上海去!"她解释她刚才所说过的。

"那末——你呢?"他问,不转眼地望着她。

"我——随你的便!"她没有说时,早禁不住笑了。

他从椅子上跳了起来,走到她的身边,抱住了她。他们像两苗火焰似的合在一块,流着欢喜的泪。

"我决定了跟上你走,我们一同到上海去。"她向他说,看着他的眼睛。

"同我走,便在这几天之内?"他叮咛着问她。

"便在这几天之内,到你的两个礼拜的期限满了的时候。"她决然地回答。

"但是,我不想走,我想留在北京。"他说,笑着。

"不,我们要走,我们一定会走了的。"她说,像一个预言家。

"那末,人家要说你些什么呢?"他问。

"随他们的便,他们说我跟上你跑了! 但这不正是事实吗?"她解答。

"你不让你父亲知道吗?"他又问。

"我写信告诉他。"她回答。

"我过的是很苦的生活,你能够跟我一同吃苦吗?"他又问。

"什么都能够,我只要同你在一块!"她回答。

他感激而自得地在她那娇嫩而又刚健的嘴唇上接了最长的,最深的吻,他把他的所有的信托都由这一吻,输送入她的心窝,它们深藏,深藏到连他自己都不需要再看见了。

在晚上到来的时候,他送了她出来。初放光明的月亮照着积雪,在低的空间浮起了一层嫩黄的乳白。车子早已叫来。他们在最后的握手中传达了他们的最深的情意。他们最后又相互凝视了一瞬,她上了车走了。像有悠悠的音乐在空中响了起来,渐响渐远。他立在门口望着,望到看不见那车的影子。

七 革命的心

在这匆匆十几天的短时期中,北京的社会又经过了很大的变化。青年学生和那些有新思想的人士,差不多已走了有过半数了。在北京住着呢,是只有穷迫,恐怖和绝望。所以他们都不约而同地先后到南方去。他们相信,一过了新年,他们将二次回北京来了,他们那时便会用胜利的欢喜来恭贺那个新北京的典礼。

也在这匆匆的十几天中,刘天章已经寻得他的心了。他得到未曾有的精神上的刚健,他知道他已经能够更努力地,更努力地把自己完全献给那革命事业。张燕梅呢?她也像初次才发见了生命。在她的面前开辟了一条光明的路,而且她也已毫不迟疑地走上去了。

等候在东车站上的火车,现在又到了时候,载着它的旅客们送到天津,然后再听他们自己分发到各地。有那些女人们来送她的丈夫或者别的家属,她们知道是在不平稳的年头,在依依惜别之外,更神经过敏地流着多事的眼泪。普通送朋友的人们,那态度上也不但具有冬天应有的瑟缩,而且附加了一种此时所特有的不安。在这许多的人众之中,有两个人却纯然是例外。

他们是欢乐的,无忧无虑的,而且像十分消散的。人们从那表面上去看,不会知道他们是甚等样人。他们有那时代精神藏在他们的心里,但他们没有那时代色彩。他们正像是超绝一切的,如他们的生活。在北京那么多的人中,他们能够归入哪一类呢?他们离开北京,因为他们自然要离开北京;他们自然要回到上海,所以他们便回上海了。他们自己的生活同那应该为民众而生活的生活,两者间有完全的一致。

他们谢绝了他们的朋友,只他们两人来到车站。他们看那形形色色的旅客,非常有趣。有时又不免要叹一口气出来。他们共通着那些人们的心情,但他们的心情不同于那些心情。他们要怜悯他们,拔救他们,因为他们自己是幸福的,有力的人。

他们肩并肩来来往往地走着,说着话。

"我们什么时候便可回来呢?"她问。

"说不定吧,也许明年的春天,也许后年!"他回答。

几个荷枪的兵士从他们身边一溜烟走了过去,很奇异地看着他们。他也把他的眼光跟定了他们看去。

"就说这几个士兵,当我们再回来时,他们又不知道会到什么地方去呵!"当他们走远了时,他感慨地说。

"如他们有思想的时候,那中国便好了!"她也从兵这个题目上发表她的意见。

"可是,思想是危险的东西!"他说着,笑着又望到那兵们走去的地方。

"我便非常想当兵去,我只要知道什么是最后的一次革命,我便立刻愿意去当了兵!"她说着,握住了他的手。

"我觉着,最好是你去做一个将军,那末,我便给你当一个卫兵!"他说着,笑了,紧紧地捏了一下她的手。

铃响了,他们走到车上。

他出神地从窗里望到远处。今天的天气很奇冷的,但没有风。天空作苍白色,铺在那青苍的天的下面。人们都说北京是一个白都,也许是恰合的。但他这几天却习惯了叫它做死城。可是,死城里有新生命,白都有赤红的心。狂飙也坐着在他的身边。北京的灵魂,已经为他所摄来,为他所领有了。当他在上海的时候,他如何想念北京!他现在又在如何想念上海呵!他们又将要说他什么,那些浅见的人们?他真是演了一本最罗曼、最罗曼的戏剧!他想着这件事情一旦传说开来,人们将怎样奇,怎样艳羡。他们也许会以为像他那样的人绝不会得到女子的爱的。还有的那等女子,没要紧地在暗中嘲笑他,还有的,简直像忠告她的同性,谁都不要爱他,还当一件重大的事。而他却不声不响地得胜了,出乎他们意料之外的得胜,他们也许编派出的笑话来。他又想到那些爱过他和还在爱他的女子,便有一种怅惘的悲哀从心底上升到喉头,他觉着哽咽了起来。

这时,她正扪着嘴看着他笑。车动了,他掉回头来。他笑了。

汽笛呜呜地吼着。车像学着官僚的步调,慢条斯理地向前蠕动。送行的人们也蠕动地从窗里往那相反的方面横排儿移开。行人们在窗里打着招呼,点头,摆手。

他们也立正了身子,自然表现出那种严肃、虔诚的态度,望着那茫然移动着的后方,像是留别多年的老友和惟一送行,而且不久便会重逢的北京。

十七年一月十五日

附录

一个值得纪念的人

郭瑞福

高长虹,这个名字,现在的人是很陌生了。然而,在20世纪二三十年代,他即是"狂飙运动"的旗手。这个运动旨在"把文艺界团结起来,与现实黑暗势力作战"。他又是鲁迅创建的"莽原社"的重要成员,被鲁迅誉为"奔走最力者"。他就是我市盂县清城镇西沟村人。《狂飙》和《莽原》是当时最具战斗力的刊物。高长虹在《狂飙》周刊第14期发表的《本刊宣言》得到鲁迅的赞誉。在推动新文学运动中,他与鲁迅、李大钊、周作人、邵力子等一样是同时代创作界最多产,且文风激情洋溢,最有影响的人物。在发展五四新文化思想方面,起过积极的作用。他为探求救国救民的道路,曾赴日、德、法、英、意、荷兰和瑞士等国,历尽艰辛,对其政治经济和社会文化诸多方面进行实地考察。对我国革命的成功经验,以及俄国文学和马克思主义学说进行过深入研究。1934年,在荷兰创办"救国会",编印《救国周报》,次年在巴黎创作《中国人民报》并负责"旅法救国会"工作。1936年在法国与陶行知、陈铭枢、程思远等爱国人士,一道参加由中国共产党领导,在巴黎成立的"全欧华侨抗日救国联合会",为该会主要宣传成员。抗战爆发后,毅然回国,途经香港,见到潘汉年和茅盾。在武汉参加了由周恩来任名誉理事,老舍主持工作的"中华全国文艺界抗敌协会"成立大会。随"文协"撤退到重庆后,从事抗战救亡宣传。老舍先生就曾赋短诗一首,称道当时文化界知名度很高的人,其中就有高长虹:"大雨洗星海／长虹万籁天／冰莹成舍我／碧野林枫眠。"高长虹曾在《中苏文化》上发表了《新中国是一个新天下》的长诗。长诗写道:"中国／站起来了……全世界都站起来了／在欢迎新中国／一个新式的天下。"高长虹的这一预言,十年后果然实现。在此期间,高长虹在《抗战文艺》、《新华日报》、《国民公报·星期增刊》、《蜀道》等报刊上发表了大量鼓舞人民大众抗战斗志和呼吁国民党政府实行民主政治的文章。1940年,他一度任《大江日报》副刊主编。其文章颇具见地和预见,且切中时弊。在《新华日报》发表《树起国防艺术的旗帜》等36篇作品,其内容与中国共产党的抗日统一战线方针相一致。他看透了蒋介石消极抗战、积极反共和政治腐败的反动本质,决意只身奔赴革命圣地延安。带着揭露、抨击国民党腐败政治、消极抗战、积极反共罪行的七万字论著《我们为什么还没胜利》,欲在阎锡山驻地印刷发表。当时在"民族革命通讯社"的我党同志认为,此举极其危险,竭力劝阻,在马皓同志帮助下将他的这篇巨论油印几百份,设法到处传递。他仍坚持亲自散发,并在街头演讲,使二战区的沉闷空气一下活跃了起来。1941年11月初,在八路军驻二战区办事处处长王世英同志帮助下,越过敌人五道封锁线,徒步抵达延安,投入了抗日斗争中。

在延安,写下了《法西斯罪犯们》、《边区是我们的家乡》、《解放歌》等10篇作品,收入他的延安集,此外他还写过《科学艺术与革命》、《时代的姿势》、《经济学批判》等共9个集子,宣传了党的抗日方针和政策,用民族化、大众化和通俗化的语调,深情地讴歌了工农兵大众,以及他们在抗日战争和解放战争中的英雄事迹,他给我们留下了近200万字的精神食粮。凡是读过他作品的人,都能够强烈地感受到这位60多年前曾经活跃在中国新文化运动战线上的作家,在民主革命、民族救亡和解放战争三个时期所起的积极作用。

1946年,高长虹随东北局由延安奔赴东北解放区,意在开金矿,为支援解放战争出力。他认为舆论呼喊的时代即将过去,随之而来的是急迫的经济建设,是实现他的夙愿——振兴实业的时候了。然而,此后再也没有高长虹的消息。新中国成立后,他更销声匿迹,被历史所遗忘,间或偶有消息,也多是对他的非议,现在是应该抚平历史的皱褶,还历史以本来面目的时候了。

与鲁迅的争论

高长虹和鲁迅的争论,恐怕是他终身毁誉的焦点。随着鲁迅声誉的不断提高,对高长虹的批判也就越来越升级。帽子满天飞,以致扣上了"反鲁迅"、"反动文人"等一顶顶的帽子。

高长虹在学生时代,就广泛阅读各种进步书籍和刊物。其中就有鲁迅的作品,而且还向友人介绍鲁迅的书。1924年9月1日,他在太原创刊了《狂飙》月刊,旋即奔赴北京,同年11月9日《狂飙》周刊在北京出版,受到鲁迅、郁达夫等前辈作家的欣赏和热情关注。从此高鲁二人往来频繁,关系十分融洽,成为忘年之交。1925年3月,《狂飙》周刊出至十七期,因故停刊。于是鲁迅与"狂飙"成员会合了。4月高即应鲁迅之邀,筹备出版《莽原》周刊,并曾要他担任主编,他怕影响自己的创作,又欲设法尽快恢复"狂飙运动",故而婉言谢绝。被邀当晚,高鲁二人一拍即合,双方为能有如此好的默契,很是兴奋,祝酒间竟都酩酊大醉。从此高与鲁迅亲密合作,他全力以赴,甚至"以生命赴莽原"。刊出果然极其顺利、成功,更见合作之得心应手,二人可谓心心相印,足见鲁迅之慧眼识人才,高也愈加得到鲁迅的赞赏、器重。然而,到1926年底,二人发生争论,以致决裂。

争论的引起,从表面上看,最初是为压稿事件,其实公开的论战是为了关于"思想界权威"的争论才是高鲁二人冲突的要害。中间又出现了"爱情纠纷"的流言,以致使双方的矛盾激化。

关于压稿事件。1926年夏,高长虹到上海办理出版《狂飙》的事,行前鲁迅就不十分赞成,然而还是应允给予赞助。他在上海寄给鲁迅两篇关于郭沫若和周作人的批评稿,好久没有发表,便去信托一个少年朋友去了解原因。问鲁迅,鲁迅说:"交给素园了。"又问素园,素园说:"鲁迅交给他的时候,说:'就说你们不发表吧。'"这位少年给他的回信上很惊奇地说:"为什么鲁迅也这样呢?"9月,上海光华书局出刊了《狂飙》周刊。接着又有培良和高歌写给莽原半月刊的稿子被拒绝发表,此后高鲁二人的友谊断绝。这里我们不难看出,压稿事件只是矛盾的导火线,而其实质则是鲁迅希望高长虹能够在"莽原社"安心工作,而"狂飙"成员的离去,势必影响到《莽原》的风格,甚至《莽原》的存在,使鲁迅很不愉快,便埋下了矛盾的种子,这才是压稿事件的真正原因。而高鲁决裂后,《莽原》原来那种激烈的文风没有了,不久《莽原》停刊,更说明了这一点。至于鲁迅所谓对狂飙赞助的话,只不过是敷衍而已,而高一面积极向《莽原》供稿,一面开展"狂飙运动",欲以此两头兼顾的办法,来维系与鲁迅的友谊,未免太天真了一点。

关于"思想界权威"。在这期间,韦素园编辑的《民报》副刊,在一则"广告"中称鲁迅为"中国思想界之权威者",这对于为争民主自由为己任的高长虹来说,是无论如何不能接受的。他认为鲁迅也绝不会接受这顶纸糊的桂冠。如是,人类的思想还能向前发展吗?这无异是对为新文化运动争自由的革命民主主义战士——

他的导师鲁迅的一种玷污。高便去信给鲁迅,鲁迅从学术解释词汇的角度回答说:"权威者一语,在外国其实是很平常的。"于是高愕然了,以为鲁迅先生默认了这顶桂冠。而继承了"五四"运动反帝、反封建传统,蔑视权威,反抗压迫的高长虹,自然不会认同。他写道:"试问,中国所需要的正是自由思想的发展,岂明(即周作人)也这样说。鲁迅不也是这样说,然而,要权威者何用。""为鲁迅计,则拥此虚名,无裨实际,反增自己怠慢,引他人反感,利害又如何者?"公正地说,高长虹这样做,一是"吾爱吾师",但吾更爱真理,是坚定地维护自己的信仰。其二,完全是为着维护他的导师的声誉,其出发点并没有错。他认为如果对整个社会来说,简直是贻害无穷,"思想呢,则只是个人的思想,用之于反抗则有余,用之于压迫则都不足,如大家都不拿人当人,则一批倒下,一批起来;一批起来,一批也仍然要倒下,猴子耍把戏,没有了局"。事实正是这样,"思想权威",一旦被权力所操纵极易向绝对权威方向发展,单就此社会意义讲,高对思想权威的批评,不仅为着鲁迅,更是为着人类的社会进步,何况当时的鲁迅还不是一个马列主义者。虽然高很警惕两人的失和,最终还是争论了起来。因为这时又有好事者把流言传到了鲁迅的耳朵里,引起了所谓"爱情纠纷"。

爱情纠纷,并不存在。这里只有"流言"引起的误会。

鲁迅恋爱了,高长虹和其他青年朋友们都很高兴,希望成功。这时,却有好事者说高的爱情诗《给——》中的黑暗是影射鲁迅,太阳是自比,而月亮是指许广平。以诗证史,实不可取,此为常识。高长虹的一生,生活作风极其正派,甚至在女子面前很有些拘谨、腼腆。就说与许广平的通信,是许主动与高通信,内容多是索要诗作或赞美高的作品,也仅八九次。一次高在鲁迅处见到景宋(即许广平)与鲁迅亲密的情景,便主动中断了通信,高与许的关系仅此而已。人所共知，鲁迅背负着旧营垒封建包办婚姻留给他的包袱，出于对母亲的孝道，又不能和妻子离婚，在此情形下去爱一位比他小的姑娘，所以内心还是感到很"惭愧"，使"自己贬抑"。因而对社会上的流言蜚语，本能地就极其敏感，恰在这时流言传到鲁迅耳朵里，怎能不使鲁迅动怒呢？最初，鲁迅虽然也说了些客观冷静的公道话："关于《给——》的传说我倒没有料到。《狂飙》也没有细看，今天才将那诗看了一回。我想原因不外三种：一是别人神经过敏的推测，因为长虹的痛哭流涕的做《给——》的诗，似乎已经很久了；二是'狂飙社'中人故意附会宣传，作为攻击的别一法；三是他真疑心我破坏了他的梦……"然而，最终鲁迅还是相信了"流言"，"果真属于末一说，则太可恶，使我愤怒……"于是，鲁迅采取了极端蔑视的态度，冷嘲热讽，正如鲁迅给许广平的信中所说的那样"黑的恶鬼"似的站在"拼命要蔑视我和骂倒我的人们的眼前"竟致双方失去了理智的控制，而相互谩骂起来。

　　争论的性质，并非政治思想的分野，更不是反鲁迅思想，而是犹如家庭失和，两人内心如兄弟失和般的痛苦，是很明显的。在鲁迅是继与周作人之后又一次"兄弟失和"般痛心。而高尤其受着压抑的痛苦。高长虹在《寄到八道湾》写给周作人的信中这样说："现在也并不是没有人误解我同我的朋友……我们是低头真理的，我们愿以我们的生命做保证。像你，主张宽容而又自命老人的人，如其真的看出我们有什么错处，正应该和气地告诉我们，我们一定愿意接受。但你却并不告诉，而只是讥笑……"

　　这番话正是表白了高长虹在这场论战中的沉痛心态。这种年青一辈受到权威、长辈们的"讥笑"和蔑视而感到的痛苦、羞辱和不平使高内心受到的煎熬是不言而喻的。他在给其爱子"曙"的信里，更自然地流露了这种心情，给他的肝肠带来强烈的摧折，他说：

"心太热了,反而受辱。"我们对这句话的解读,只应该是指对他人、友人的事的关心和爱护遭致的受辱而言,而绝不是指敌人而言。对于敌人的攻击或辱骂,他是无所畏惧,也无所谓有"受辱"之感的。那么他对于"心太热"换来的"受辱"该怎么办呢?是放弃他对真理的坚持,丢掉"热心"吗?不。他接着写道"但我也决不能敷衍下去,我只可尽我个人的职责"。他坚信,只要是为了真理和光明,终将会拨开云雾,晴天定然会得以显现。

时过境迁,鲁迅冷静下来,觉得这里有问题。他又仔细地看了长虹的诗,正如他给韦素园的回信中说的那样:"长虹的痛哭流涕的做《给——》的诗,似乎已经久了。"长虹一生创作的诗很多,保留下来的有400余首,而总题目以《给——》的有48首。他从1923年就开始创作《给——》,先后发表在《晨报》副刊、《狂飙》周刊、《莽原》周刊上。1927年9月,作者选其中40首结集出版。按常理这首诗既然引来如此大的麻烦,出于避嫌是不应该再在以后的集子里出现的。然而,高长虹认为:说者既不负责任,我又何苦多事计较。于是他坦然地将这首诗按写作时间顺序排为第28首。

在鲁迅排除了他在给素园回信中的第二个推测:"是'狂飙社'中人故意附会宣传,作为攻击我的别一法"。经过了解,他醒悟了,这股流言来源,不是别人,正是来自鲁迅自己身边的人,甚至是他的亲属。他又回忆起1926年12月给许广平的信:"这种流言,早已有之,传播者是品青、伏园、亥倩、微风、宴太。有些人又说我将她带到厦门去了。这大约伏园不在内,是送我上车的人们流布的。白果从北京接家眷来此,又将这带到厦门,为攻击我起见,便和田千顷分头广布于人,说我之不肯留居厦门,乃为月亮不在之故。在送别会上,田千顷故意当众发表,意图中伤。"《两地书》中提到的宴太即"二太太",是周作人的日本妻子,原名羽太信子。就是这位爱惹是生非的弟媳,挑拨了鲁迅和周作人的兄弟关系,今天又假《月亮》一诗参与了流言的传播。鲁迅经过这一番反思有所悔悟,于是,鲁迅在1927年编辑他的杂文《华盖集续集》时,他与高长虹几篇争论文章中,只收了一篇,是在《月亮》诗误会之前发表的那篇平和、幽默风格的《所谓"思想先驱者"鲁迅启事》,还把它放在《续编的续编》这个被鲁迅称为"无聊的文字"栏里。而因《月亮》诗误会的那几篇激烈文章,一篇也没有收入。至于现在的《鲁迅全集》,是鲁迅逝世后,由编者经过苦苦搜罗而将那几篇争论文章编入《集外集拾遗补漏》中的,与鲁迅毫无干系。

高长虹是无愧于鲁迅的,他自信"鲁迅用启事所做成的,将来有一天要用眼泪洗掉",这一预言终于变成了现实。高鲁论战九年之后,鲁迅已由一位革命民主主义者,成为一位无产阶级战士。他更进一步客观地、公正地在他的《〈中国新文学大系〉小说二集编选感想》序中,对高长虹给予了充分肯定和高度评价:"奔走最力者为高长虹。"这一评价是为世人所熟知的。从这句中肯而有力的评语里,不难看出鲁迅不仅完全否定了他与高长虹争论中蔑视高长虹的话,而且表示了他对高长虹的怀念之情,不仅如此,并且对狂飙运动也表示了赞赏之情。当提到"莽原"时期这位战友,鲁迅如实地写到:"1925年10月间,北京突然有莽原社出现,这其实不过是不满于《京报》副刊编辑者的一群,另设《莽原》周刊,却仍附《京报》发行,聊以快意的团体。奔走最力者为高长虹,中坚的小说作者也还是黄鹏基、尚钺、向培良三个,而鲁迅则是被推为编辑的。"这里鲁迅提到的三个中坚小说作者全都是"狂飙运动"的成员。高长虹的创作本不以小说见长,也没有他的小说入系,鲁迅在这里完全可以不提,然而,鲁迅不仅大加赞赏,并且破例全文编入了长虹用散文诗写的《狂飙》周刊发刊词《本刊宣言》。鲁迅的这番用心,给我们的信息,只能是在鲁迅认识了对长虹的误会,反悔之后采取的一种表达方式。

此段公案,本已由高鲁当事人争论双方澄清,历史地做了了结。然而,可悲的是,在新中国成立之后,竟有人抓住高鲁在论战中过激的言辞大做文章,特别是利用鲁迅不冷静的言语做棍子,对高长虹以现在的观点无限上纲,去批判高,而对鲁迅后来冷静、客观公正对高的评语和赞颂之词,却置若罔闻。

也许有人担心对高长虹的探讨,会损害鲁迅的形象。这恐怕也是高长虹所以被历史所尘封的另一个原因。但是,我们只要以唯物主义观点客观地、历史地、实事求是地抱着对历史负责的责任感去探讨,必然会总结出许多有价值的经验和教训,正人视听,以利社会的发展和进步。而那种不能正视历史,歪曲历史的现象,正是我们正确认识史实和严谨治学的障碍。

"狂飙社"的性质

有人说《狂飙》刊物和"狂飙社"的成员都是反动的。要否定高长虹,必然要否定他的"狂飙社",这是显而易见的。

而"狂飙社"的产生,也绝非偶然,它是一个时代的产物。正如高歌所说:"狂飙是一个时代的名字,并不是我们要造成它,也不是我们所能够造成它的。……我们是适逢机会的生活在这时代里的,它飞跃、它突进!我们随着它飞跃,我们随着它突进!"高长虹在学生时代不仅学习成绩优异,而且敢与黑暗势力作斗争。1915年秋,阎锡山操纵太原学政界,组织"提灯会"、"劝进",向袁世凯图谋"称帝"表忠心,长虹年仅18岁,愤然拒绝参加,并作《提灯行》打油诗,对复辟闹剧予以嘲讽斥责。由于他经常召集一些进步青年阅读进步刊物,传播新思想、新文化,抨击封建军阀的黑暗统治,为当局和校方所不容,因而辍学,由此便萌发了办刊的想法。此后他更加勤奋学习,博览群书,尤喜历代爱国诗人屈原、李白、杜甫、白居易的诗作。更加如饥似渴阅读当代各种进步报刊,并在这些刊物上发表文章。在太原文庙博物馆工作之余,潜心阅读了《资本论》、《共产党宣言》、《进化论》等进步书籍。此间,结识了太原文庙博物馆馆长石鼎丞先生之女,太原女师大学生,后活跃于北京文坛的青年作家石评梅女士,两人并有书信往复。结识了张恒寿、张稼夫、高沐鸿、张磐石还有高君宇、王振翼、贺昌等山西早期共产主义者,而催促他下决心办刊的,正是一位马克思主义者、共产主义战士、他的朋友——高君宇。君宇和长虹是太原一中时的学友,比长虹高两级,对长虹的学识和人品非常赏识。1924年春,君宇受李大钊的派遣回山西创建共产党小组,学校暑假期间,专程到文庙找高长虹,很希望长虹出来创办一个刊物,在此之前君宇就曾捎话要他办一个刊物出来说话,这次便成了高长虹办刊的催化剂,虽然两人在思想上有一些分歧,所谓"思想"者,以当时长虹对君宇的看法是指"思想浅薄"不深刻而言,但在与黑暗势力作战的大方向上,则是完全一致的。创办刊物的宗旨很明确,那就是:把文艺界团结起来,和现实的黑暗势力作战。

经过长虹精心的策划、组稿、编辑,与战友们的充分协商之后,很快于1924年9月1日,《狂飙》月刊便在太原创刊了。由太原桥头街少年书社发行。其内容,矛头直指帝国主义和北洋军阀,向封建黑暗统治开刀,引起强烈反响,这给长虹以很大鼓舞。随后长虹奔赴北京,同年11月《狂飙》周刊在北京出刊,受到鲁迅、郁达夫以及其他前辈作家们的肯定、赞赏和热情关注。之后又向南方上海发展,月刊、季刊、周刊、袖珍刊以及机关刊物,《狂飙运动》月刊等共有11个刊物,共出版89期;还以"狂飙"名义出版过10个丛书,共出书60种。在"狂飙运动"的全盛时期，业务范围和机构逐渐扩大，分门别类，还设立了女子书店，并成立狂飙演剧部。该剧社在上海、南京、天津、北京、太原等地均巡回演出过。"狂飙社"的活动坚持了六年之久直到1930年春停办。比当时的"创造社"虽晚建两年，但却晚停办了一年，而"太阳社"却较它晚建三年之久。可见"狂飙运动"持续时间之长，影响之广泛，这是史实，是不可能被人为抹杀掉的。今天所有的词典只收录了"创造社"和"太阳社"却未收录"狂飙社"，未见得符合史实。"狂飙社"在当时所以受到社会的重视，尤其是热血青年的喜爱和欢迎，无疑是因了刊物和书籍的进步性、革命性，刊物的内容走在了时代的前列，且能为民而呼，为青年而鼓。"狂飙"就曾受到鲁迅的热情赞誉和嘉许。宣言说："黑沉沉的暗夜……于是有几个人从黑暗中醒来，便互相呼唤着……软弱是不行的，睡着希望是不行的。我们要作强者，打倒障碍或者被障碍压倒。我们并不惧怯，也不躲避……"宣言最后点明所以称谓"狂飙"的原因："一滴水泉可以作江河的始流，一张树叶之飘动可兆暴风之将来，微小的起源可以生出伟大的结果，因为这个缘故，我们的周刊，便叫作狂飙。"高长虹的誓言不只是写来的口号，而是实践在他的行动中，他的文字是一镞镞的利箭，直刺北洋军阀及其帮凶的心脏，是当时出版界唯一敢于直面凶恶统治者的强者。这种战斗风格，在"狂飙"时期他的作品里是贯彻始终的。如"三一八惨案"发生后，他在《弦上》周刊集中了3期，用9篇文章，向以段祺瑞为首的北洋军阀政府及其帮凶们以猛烈的开火。他的《论三月十八》一文，就具有他这种写作风格的代表性，以极大的义愤，横眉冷视北洋军阀，对屠杀人民的刽子手们写道："一千副挽联，抵不住一个无名者一刹那的真的觉悟与决心。一千行眼泪，抵不住血的一滴的跳动。惨杀不是有力的反动，无足惊，无足畏，那只是死尸的返照的回光。重要的是，有没有新生的力在颤动？我愿意藏起我的伤心的眼泪，而用镇静的喜欢遥望着未来的健者……纯然对于惨杀的诅咒，那是从卑怯出发的一种感情，在那后面，有饶恕的乞怜的无望，侥幸逃避的失败，出乎意外的破灭在植根着。……地球上没有真正的敌人，只要看出他们的死的机关，他们立刻便会成为死人。这是多么可笑的敌人呵！但是，敌人们笑了！我们是这样的可怜！让我们自己把那最后的胜利赐给我们吧！"高长虹总是能立足祖国放眼世界去看人类、看文化、看文学。他强调"艺术是国际的"，能有如此超前意识在当时是极其难能可贵的。他明确提出："真正的文学没有不是革命的。"他的这些观点指出了文化的时代性、革命性和与时俱进的必然性。最后他更喊出："文学就是暴动！""红色十月是狂飙，封建的被它吹翻，资本的被它掀倒。"当时，有许多热血青年在相当程度上是受"狂飙"和长虹作品以及他反封建、反军阀、反帝，勇于抨击黑暗势力的顽强战斗的精神鼓舞，参加了革命，加入了共产党。其中有一位青年自述说："我就是在《狂飙》刊物的影响下，走向革命，参加了共产党，奔赴延安的。"并把他的姓改为高姓，"以激励我永远向高长虹学习"。总之，"狂飙运动"的进步性、革命性是任何人难以否定的。

不能设想"狂飙社"的成员都是反动的，而他们所办的刊物却会对社会有如此积极的影响。高长虹以他进步的思想和个人的人格力量，使一些爱好文学的具有进步思想的青年聚拢到他身边，特别是"狂飙社"南移上海之后，创造社的柯仲平跟了过来并因此结识了潘汉年，甚而有原来追随鲁迅的两位青年也跑来加入"狂飙社"跟长虹干。"人以群分，物以类聚"，共同的奋斗目标和相似的思想，使他们聚集在一起。"狂飙社"的进步性，也就决定了它绝大多数成员必然向左转。

首先，在高长虹进步思想的影响下，他的两个弟弟均成为中共早期党员，他所疼爱的三弟高远征早在太原进山中学时即已加入了共产党，为党支部宣传委员，也是在他的支持下出去参加了我党领导的教导团。后来跟随周恩来参加南昌起义，不幸壮烈**牺牲**；他的二弟高歌也是地下党员，曾在上海参加中华全国总工会工作。而其他狂飙成员，只有培良一人投靠国民党，长虹便立即与他断绝往来。当我地下党员被敌人追捕时，他毫不考虑个人安危和牵连，无所畏惧地设法掩护了起来，与他们同吃同住，一切费用完全由他负责，终于使我党这些同志幸免于难。

正如高长虹所说："批评狂飙运动的人，最好**须同狂飙**运动者有长期的结识，其次也须看过狂飙运动的出版物。**没有**经过这两种手续，随便向狂飙运动发一些攻击的论调，是不会说得中听的。"

由此不难得出"狂飙"刊物和"狂飙社"成员都是反动的观点是不能成立的，也是极不公正的。

"无政府主义者"

说高长虹是无政府主义者的人不少。有的史料称："1920年至1921年建党初期，高长虹的刊物《狂飙》打着共产主义旗号，贩卖无政府主义的货色"，而事实是，《狂飙》是在中共建党三四年之后才创刊的，这不是子虚乌有、捕风捉影之论吗？

而20世纪20年代的背景是巴枯宁、克鲁泡特金的无政府主义，以及尼采的"超人"思想，当时正在中国知识分子中广为传播。鲁迅早期就有许多宣传尼采思想的作品，然而却是最早批判无政府主义的人。现代著名作家巴金，最初也很崇拜巴枯宁和克鲁泡特金，故而给自己取笔名为巴金，是世人皆知的事；就连毛泽东、蔡和森都一度"赞同许多无政府主义的主张"，认为其最终的理想"列宁与他无二致"，(见斯诺《西行漫记》128页，《社民学会会员信集》1920年9月16日蔡和森给毛泽东信)国际著名的第一个无产阶级政权"巴黎公社"就是一批无政府主义者建立的。凡中国知识分子或搞文学艺术的，多数都读过他们的作品并受其无政府主义思潮的影响。自然，高长虹也曾研读过无政府主义者的书，在最初受其影响也是难免的。因为高长虹也正是处在中国历史上的这个大变革时期，他也是在不断探索中成长的；封建统治在瓦解，新旧思想大搏斗，中外文化大交流，海外各种思想、主义、学术大量涌入，在此错综复杂的形势下，高长虹饥不择食地阅读了大量书籍，包括马克思的、尼采的、克鲁泡特金等都在他研究的对象中。即使在此浩如烟海、纷纭复杂的探索中，他也不糊涂，头脑清醒；高长虹有着自己的头脑，他既能钻进去，也能走出来，是非分明，思维敏锐。对尼采的书，他说："我读尼采的书也只当艺术作品。……但我并不是一个喜欢尼采的人。"对尼采"超人"哲学，极其反感："我梦见超人出现了，人类都做了奴隶，做了食物，做了玩具，但我好像在什么时候见过，这不是真正的超人，这是鬼们化装的。"对于无政府主义思想，他的态度也是否定的："克鲁泡特金的学说，他的解释，他的方法都是科学的，然而他的基本的思想却是玄学的，所以也终是空想。"对于马克思主义的认识和接受，诚然，他是经历了一个较长的过程，尤其对于阶级斗争学说，不能理解，甚至写过一篇"鞭挞马克思"的短文，希冀走"文艺"和"科学"之路。1925年他自己就坦然承认过这个错误："有好久的时候，我一点也不能够明白思想之有阶级性。"然而当他进一步研究了《资本论》、《共产党宣言》、《共产主义ABC》等马列主义著作后，他的观点改变了，即于1926年在一篇《多数是对的》文章中写道："思想是阶级的产物，是有阶级性的。某一个思想的人只是在为某一阶级的利益说话。"之后，他对马克思主义已不是停留在口头上和认识上,而是致用于行动中。在他的刊物上用一定版面介绍俄国革命成功,堂而皇之地刊登出列宁和其妻子的肖像。他甚至想办一个《每日评论》专刊,对时局的变化随时发表自己的看法,以警示世人。虽然未能如愿,还是在《狂飙》周刊上开辟了《每日评论》,发表文章就有165则之多。而且他的作品一向以杂文为主,他在谈到艺术与人民的关系时说:艺术"应是人民意志的表现","所以艺术作家必须使自己的意志和人民的意志达到统一,才能够创造艺术作品","艺术作家是人民的一分子,所以每一个艺术作家都负有两重的责任,人民的责任和艺术的责任","于抗战中表现人民求生存的意志和政治的觉醒,这才是艺术作家的真正任务,艺术创作的真正核心"。因此,他强调"艺术的大众化,是时代对艺术作家所提出的一个条件。不但形式要大众化,而且内容也要大众化"。因而"艺术作家将参与艺术与世界和新世界的创造"。他还要求"狂飙社"所有成员均与工人相结合,人人亲自动手,参与劳动,并提出企业"经理也是劳动者",甚至发出"打倒资本家、收回自然、收回科学"的口号。1940年国民党专制政权政治腐败,抗日战争被一种消极悲观的情绪所笼罩的时候,高长虹以马列主义观点对中国的前途做出了惊人的正确预见:"现在欧战又发生了,我们不妨推开窗子说亮话,对于我们的解放事业,这是一个有利条件!怎么说,欧战对于中国有利的呢?不必从远处去寻求证据,只举出苏联的诞生来就够了。现在是新中国诞生的时候,因为诞生的条件都齐备了",十年之后中华人民共和国的诞生以雄辩的事实证明了他的远见卓识。更可敬的是这篇文章竟然发表在蒋介石国民党消极抗战、积极反共的统治区的报刊上;并且大声呼吁建立抗日政府,在《老百姓需要政权》一文中,他说"老百姓们需要土地吗?这话很对,可是还不完全对。有的老百姓,是把土地失掉了……因此可知道,他们所需要的还不只是土地。你可以说,老百姓们需要的是国家。这话当然没有说错。可也不是完全对的。我们现在没有国家了吗?……"那么到底需要什么呢,他接着大声呼吁:"连老百姓们都知道了,这就叫抗日政权。"矛头直指蒋介石不抵抗主义的反动政府。我们翻遍他浩如烟海的所有文章,寻找不到所谓:"打着共产主义的旗号,散布无政府主义"的话,而有的是他不畏艰险与黑暗势力勇于斗争和奔赴革命根据地的不屈不挠的革命行动,真乃良禽择木而栖。由此可见,说他是"无政府主义者"也是根本站不住脚的。

在延安发生的几件事

一是拒任延安"文协"推举他为陕甘宁边区"文协"副主任;一是拒绝参加"延安文艺座谈会";一是与毛泽东主席的一次谈话。

高长虹一踏进延安这块土地,就感到与重庆和二战区绝然不同,正是他多年来追寻的"新天下",真正的老百姓们的抗日政府。这里没有贪污腐败,有的是公正廉洁的政治,呼吸着自由民主的政治空气,精神为之振奋,边区也热情地欢迎他的到来,以高级知识分子待遇安排他在边区"文协"做驻会作家,使他的心情异常激奋,虽然这里的生活极其艰苦,然而,这里到处是歌声、笑声、读书声和各种劳动生产场景。他如鱼得水,应邀参加了各种活动:到鲁艺讲演,到文协讨论,于是他的写作又进入一个高盛期;他也参加各种劳动,每天早上拾粪、拣骨头,充足的农家肥把他种的西红柿催得又红又大。1942年1月29日延安"文协"召开第二次理事会议,筹备"文协"第三次代表大会事宜,推举他担任筹委会副主任,也就是下届的陕甘宁边区"文协"的副主任,高长虹没有接受这项职务。有少数人认为他是嫌职务低,也有人认为他是不愿屈就于狂飙时代他原来的小伙计柯仲平(即现在的主任)之下,是在闹情绪,有人曾为此打听过丁玲同志。丁玲说,曾请长虹为她和舒群同志主编的"解放日报文学副刊"写稿,接触虽不多,但感到大家尊重长虹这位老作家,长虹对不同意见默不表态是有的,但从来没有见高长虹有计较职位高低的事,跟我们相处得很愉快。高戈伍也曾问过他:"选你副主任不是已经见报?"他回答说:"我没有答应,柯仲平不会工作。"高戈伍感到这是一个多么直爽的人啊!那种认为高嫌职位低,闹情绪的看法是并不了解高的人品,是一种庸人之见。

接着,著名的延安文艺座谈会就要召开了,他是最早接到毛泽东和凯丰的签名的邀请柬的,他告知说,他是研究经济的,文艺只不过是他的业余爱好,也没有参加这次影响盛大的会议。多数人认为他这是一种借口,并不是他的真实思想。

其实,研究政治经济,的确是高长虹一生追寻的救国救民的最大目标。我们不仅能够从他所发表的作品中关于政治经济的内容占有相当比例去分析,还可从他亲赴海外八年半之久,主要是考察这些国家的政治经济的实践中去释解,更可以从他对家乡曾经有过的经济繁荣的梦想去思考,在他的好多作品里就每每提到他的家乡,如在《献给自然的女儿》一诗中:"近日我颇思念娘子关,彼善于此,较干净的河山!……又有好男儿,好煤田,饮我汾酒,开发地下宝藏。"1912年9月,孙中山先生由北京赴山西太原,沿途考察其实业,路经阳泉时就曾提出词曰:"以平定煤,铸太行铁",这些都深深地印在他的脑海里。

高长虹出生在山西盂县清城镇,这里有丰富的煤矿和铁矿资源,自古以来盛产各种农耕铁器和生活日用铁器;清初以前曾远销俄国直至中东地区,产品享有盛誉,民间曾流传清城"日进斗金"之说,而清城庙宇之多,其造像之巨大堪称盂县之最,清城东阁顶上的庙宇原有十二尊大佛像,全部采用纯金镀成,一进阁沿街两旁全是铺面字号,门面鳞次栉比,从粮油、饮食、生活日用品到钱庄、当铺应有尽有。而且一进村一直到滴水崖,三四里长的宽阔路面,皆是人工雕凿的青石铺成。矿产带动手工业生产,手工业又促进商业和金融的繁荣,可见当时"日进斗金"之说不谬。虽然,高长虹出生后繁荣景象已衰败,然而他非常清楚清城的过去,况且,当时的清城余韵犹存。盂县第一座女子学堂——清城女校就是在他的参与下建立的。矿业是支柱产业在他的心中深深地扎下了根,他走出山西就是想圆这个梦。而碍于生存之需要和当时舆论需要之急迫,他成为"出版界的闯入者",数年之后他的狂飙成员先后都成为共产党员,而忙于地下党工作的时候,他停止了"狂飙运动",便轻松愉快地走上出国之路,去寻求救民强国的方略去了。

先是到日本去研究俄国十月革命的成功经验和第一个五年计划,由于日本军国主义和武士道精神的猖獗,他又远渡欧洲去重点考察这些国家的政治和经济。在香港、重庆时就曾设法筹办开矿事宜未成。后来他认为一生未酬之志在解放区一定能实现,于是他奔赴东北解放区意在开金矿,以筹集资金支援解放战争。在国外他写下了不少关于科学和政治经济的著作。总之,我们不是从高长虹的口头,而是通过对他一生的行为和事迹的了解去得出结论:他是研究政治经济专业的,文艺是他的业余爱好,并非是一种借口。

和毛泽东主席的一次谈话

延安虽然是革命圣地,然而也有令高长虹不愉快的事发生,特别是康生搞的所谓"抢救运动"。他亲身经历和目睹了这场残酷斗争,他认为这是与马克思主义背道而驰的,非常反感。康生污他是

"青年党",由于博古和张闻天同志的竭力救助,才幸免于难。张闻天于1925年在《东方杂志》上发表过一篇《飘零的黄叶》,副题是"长虹给他母亲的一封信"的文章风格非常优美,内容所述确是长虹和他的家庭前几年的具体情况。可见张、高的亲密程度,否则张何以对高那么了解,又何以写出那样深富感情的好文章。张还曾向《莽原》投稿,由于编者鲁迅的意见未能发表,又可见张、高友谊早已建立,这是个谜,有待人们考证。不久,毛泽东邀高长虹座谈,一生追求真理和民主自由,不唯书不唯上,直言敢谏的高长虹,对当时延安的不正常现象绝不会闭口不谈,两人终于谈得很僵,最后不欢而散。

还有一件事,就是他所写的《什么是法西斯蒂》要求出版,中央看后认为有的地方与斯大林的观点不符,未予出版。他说我们与斯大林尽可去理论!在当时的环境中,这是何等的气魄,何等的胆量!

这就是高长虹不屈不挠的精神。

1948年长虹随东北局迁沈,住在设在东北旅社的东北局招待所,此时非但他的搞经济、开金矿的夙愿未能实现,其他工作也没有安排,他再三要求也没有下文,成了"闲人",后竟被说成了"疯子"。

高长虹一生追求真理,追求进步,赤诚地为救国救民而抛妻弃子,殚精竭虑,锲而不舍。他本应该起码在文学史上占有一席之地,可是,不仅没有得到应有的公正评价,而且还人为地被加诸非议,更使人不能理解的是,他死于何时、何地、怎样死去、遗骨何在,至今杳无下落。无怪人们认为高长虹是个悲剧。

然而,高长虹并不这么看自己,请看他在《与评梅论悲剧》一文中说:"古代的中国如屈原者,是一个能演悲剧的人,近代的中国人如孙文者,是一个能演悲剧的人。……而且悲剧也不是愿演,而是不得不演,并不愿演,而却要去演。……我默祝中国的男女同胞能够多有一些勇气去演悲剧。但是,要去演做悲剧中的主人翁,而不去做悲剧中的丑角。"换言之,他呼唤同胞,为了国家,为了人民,应该勇敢地肩负起责任,临危不惧,宠辱皆忘,即使牺牲个人,也在所不惜,一定要做一个真正的人,而绝不要做人类的败类。这就是他能坦然接受他人以"疯子"待他,仍毫无怨色,并默默地编纂他的新语法词典的缘故吧!

当然,"金无足赤,人无完人",即使是名人伟人,也概莫能外,何况长虹乎!他对敌赴之以匕首,对爱必求其完臻。对社会要求有理想化的倾向,有时过于偏激,便是他的主要缺点。我们不应该以一时一事,或凭他人的只言片语或断章摘句,曲解其意定终生,也不能用今天的标准去衡量,去苛求一个人,而应该历史地、客观地、全面地去评价高长虹。高长虹是一个时代所造就的革命作家,是一个赤诚的爱国主义者,让我们还是放在那个时代去评定他吧!

对高长虹历史的尘封,终有一天将会拂尽尘埃而见史实,历史是不容随意篡改的,篡改历史者也必将被历史所唾弃。

阅罢高长虹用心灵、用汗水、用热血灌注的浩瀚的文字,会强烈地感受到他那辉耀的人生。仿佛一个"非梧桐不止,非炼实不食,非醴泉而不饮",宁为玉碎,不为瓦全的高大形象,似一道彩虹,由远方,迎面向我们飘然而来。高长虹光辉的一生,将与历史同在。他无愧于盂县人民,他是祖国的好儿子。

我们不应该忘却他,他是一个值得纪念的人,我们应该永远深切地怀念他!

(此文曾获第五届中国文联文艺评论奖二等奖,并获山西省文联文艺评论奖一等奖)

图书在版编目（CIP）数据

高长虹精选集 / 高长虹著. -- 太原 ： 山西人民出版社，2014.12
ISBN 978-7-203-08816-5

Ⅰ.①高… Ⅱ.①高… Ⅲ.①中国文学—当代文学—作品综合集 Ⅳ.① I217.2

中国版本图书馆CIP数据核字（2014）第255180号

高长虹精选集

著　　者：高长虹
责任编辑：魏美荣
装帧设计：陈　婷

出 版 者：山西出版传媒集团·山西人民出版社
地　　址：太原市建设南路21号
邮　　编：030012
发行营销：0351-4922220　4955996　4956039
　　　　　0351-4922127（传真）　4956038（邮购）
E-mail：sxskcb@163.com　发行部
　　　　sxskcb@126.com　总编室
网　　址：www.sxskcb.com
经 销 者：山西出版传媒集团·山西人民出版社
承 印 厂：山西晋城新浪印业有限公司
开　　本：787mm×1092mm　1/16
印　　张：20.5
字　　数：280千字
印　　数：1-2000册
版　　次：2014年12月　第1版
印　　次：2014年12月　第1次印刷
书　　号：ISBN 978-7-203-08816-5
定　　价：46.00元

如有印装质量问题请与本社联系调换